Anne Fine

Bébés de farine

Traduit de l'anglais par Dominique Kugler

Médium
11, rue de Sèvres, Paris 6e

Du même auteur à *l'école des loisirs*

Dans la collection *Neuf*

Un bon début dans la vie
Comment écrire comme un cochon
La crêpe des champs
Le jeu des sept familles
Ma mère est impossible
La nouvelle robe de Bill
Tous des menteurs

Dans la collection *Médium*

L'amoureux de ma mère
Madame Doubtfire
Mon amitié avec Tulipe
S.O.S. Mamie

Titre original : « Flour Babies » (Hamish Hamilton, Londres)
Loi numéro 49.956 du 16 juillet 1949 sur les publications destinées à la jeunesse : mars 1994
Dépôt légal : octobre 1998
Imprimé en France par la Société Nouvelle Firmin-Didot au Mesnil-sur-l'Estrée (44420)

Chapitre 1

M. Canson croisa les jambes sous le bureau et haussa le ton pour couvrir les rumeurs de mécontentement qui s'élevaient par vagues.

« Ne vous inquiétez pas, dit-il à sa nouvelle classe. Si vous ne pouvez pas m'accorder toute votre attention maintenant, je me ferai un plaisir de vous réexpliquer tout cela pendant la récréation. »

Quelques élèves de la 4ᵉC firent visiblement un petit effort. Quelques stylos sortirent de quelques bouches. Un ou deux garçons détachèrent leur regard du concierge en train de peindre de grands chiffres blancs sur les poubelles. Mais dans l'ensemble il n'y eut pas grande amélioration. La plupart des élèves semblaient avoir oublié leur cervelle à la maison. Les autres paraissaient ne pas en avoir du tout.

La 4ᵉC de cette année ? Une bande de cancres. M. Canson les connaissait déjà presque tous – les

Flemmards et les Ignares, les cas désespérés dont il était si souvent et si bruyamment question dans la salle des professeurs depuis quelques années. Tous ceux qui étaient à peu près normaux (ceux qu'on appelait les Bons Moyens), M. King et M. Henderson les avaient pris, comme d'habitude. Quant au professeur Feltham, il se réservait toujours les Matheux. Jusqu'à présent, personne ne s'était jamais retrouvé en 4^{e}C par hasard.

Le nouveau, le seul nouveau de cette année – comment s'appelait-il déjà, Martin Simon ? –, était assis au fond de la classe et lisait en silence. M. Canson s'en trouva un peu réconforté. Il y en avait au moins un qui savait lire. Finalement, cette classe n'était peut-être pas la pire qu'il ait connue dans sa carrière.

« Allons, secouez-vous un peu ! leur dit-il. Vous n'allez pas mettre trois heures à vous décider. Je vous lis une dernière fois la liste et vous votez. Vous pouvez continuer à mâchonner votre bulletin de vote, George Spalder, je ne vous en donnerai pas d'autre. Bon, maintenant on écoute. »

Il fit pivoter son énorme postérieur sur sa chaise et pointa sa règle sur le tableau où il avait écrit quelques minutes plus tôt les sujets proposés par le professeur Feltham à la 4^{e}C comme participation à la Kermesse scientifique du lycée :

- ▸ textile
- ▸ nutrition
- ▸ économie domestique
- ▸ développement de l'enfant
- ▸ études de marché,

les énonçant encore une fois à voix haute pour ceux qui avaient du mal à lire.

Un grognement s'éleva crescendo au-dessus de l'agitation générale, des murmures, des raclements de pieds et des craquements de chaises dangereusement en équilibre sur leurs deux pattes arrière.

« C'est pas juste, Monsieur !

– C'est pas marrant !

– Ça n'a rien à voir avec les sciences, tout ça.

– Moi, j'comprends même pas la moitié des mots. »

Pour Russ Mould, M. Canson relut toute la liste en traduisant au fur et à mesure :

- ▸ couture
- ▸ nourriture
- ▸ ménage
- ▸ bébés, etc.
- ▸ budget.

Russ Mould était toujours aussi perplexe.

« Ressaisissez-vous, bon sang, s'écria M. Canson. Je sais que la plupart d'entre vous n'êtes pas plus éveillés que des mouches sans cervelle, mais il doit bien y avoir là-dedans un sujet qui vous intéresse plus que les autres. Alors, écrivez-le sur votre papier. Et vous, Russ Mould, tâchez de mettre les lettres plus ou moins dans l'ordre, que je puisse lire. Bon, je passe dans les rangs pour ramasser les bulletins. »

Nouvelle vague de protestations.

« C'est nul !

– Ils font ça pour nous brimer, c'est tout.

– Couture ! Ménage !

– Bonjour, bonjour ! Nous sommes au stand n° 14. Venez voir les jolis boutons que nous avons cousus !

– C'est follement intéressant.

– Je suis sûr que vous n'avez jamais vu de boutons cousus.

– À quoi ça sert de faire des choses que tout le monde peut faire ? »

Sajid Mahmoud fut celui qui exprima le mécontentement général de la façon la plus claire :

« C'est pas juste. Il n'y a rien là-dedans qui soit vraiment de la science. Pourquoi on ferait pas plutôt l'Explosion des boîtes de lait en poudre ? »

Ce fut comme si on avait ouvert la cage aux fauves.

« Oh oui ! C'était super !

– Supergénial !

– Le frère de Hooper avait manqué de se faire sauter une main.

– Et Chop, il s'était brûlé un sourcil.

– Ouais, et il a pas repoussé pareil ! »

Rick Tullis se pencha tellement par-dessus sa table qu'il faillit basculer en avant.

« Ou alors on fait du savon, Monsieur !

– Oh oui ! La savonnerie !

– Fuller avait mangé son morceau, pour faire le malin !

– Il avait vomi huit fois de suite !

– Qu'est-ce qu'on avait rigolé !

– Il en faisait une tête ! Il était pâle comme un asticot ! »

À ces mots, Philip Brewster lança un hurlement.

« Oui, oui ! Les asticots !

– L'élevage d'asticots !

– Mais oui ! Pourquoi on ferait pas l'élevage d'asticots ?

– Il y en avait un l'année dernière. Et l'année d'avant aussi.

– Ma mère, elle n'a même pas voulu regarder, tellement elle trouvait ça dégoûtant.

– C'est cette andouille de Fletcher qui s'en occupait.

– Le dernier jour, il les avait presque dressés ! »

M. Canson secoua la tête. Il n'aimait pas saper l'enthousiasme des élèves pour tout ce qui était scolaire. Mais il y a des moments, surtout à l'école, où il faut regarder la réalité en face.

« Je ne voudrais pas être indiscret, Sajid, mais avez-vous eu vos examens de physique, à la fin de l'année dernière ? »

Sajid fit une horrible grimace.

« Non, Monsieur.

– Et vous, Rick, vous avez eu la chimie ? »

Rick Tullis éclata de rire. Et tous ceux qui étaient avec lui au cours de chimie en firent autant.

M. Canson se tourna vers Philip, dont les yeux pétillaient encore à l'idée de s'occuper de l'élevage d'asticots.

« Philip ? Vous vous en êtes tiré comment, en biologie ? »

Le visage de Philip se ternit.

« Je ne suis même pas allé passer l'examen, Monsieur. Zéro. »

M. Canson soupira.

« Eh bien, voilà un bon résumé de la situation. Aucun de vous n'est ici par hasard. »

Soudain, au fond, le nouveau, Martin Simon, prit la parole pour la première fois.

« Il est possible que je le sois, Monsieur. »

Mais M. Canson, emporté par son élan, ignora cette interruption.

« Cela explique pourquoi, malheureusement, cette classe ne peut pas prendre comme option l'Explosion des boîtes de lait en poudre. N'ayant absolument pas confiance en vos capacités ni en votre sens des responsabilités, le professeur Feltham ne veut vous confier que des sujets intéressants mais faciles et sans risque. L'Explosion des boîtes de lait en poudre est réservée à ceux qui ont eu leur examen de physique l'année dernière. »

Son regard toisa dix-huit visages renfrognés et un très intrigué.

« Y en a-t-il un parmi vous qui l'ait eu ? »

Le nouveau leva la main. Personne d'autre ne bougea. Et comme Martin Simon, au dernier rang, était hors du champ de vision du reste de la classe, M. Canson décida de ne pas tenir compte de ce bras unique qui risquait de briser toute la portée dramatique de son discours.

« Et en chimie ? »

À nouveau la main de Martin Simon se dressa. À nouveau M. Canson l'ignora. Aucun autre mouvement à l'horizon.

« Adieu la savonnerie, dit M. Canson. L'un d'entre vous a-t-il eu plus de succès en biologie ? »

Le bras de Martin Simon s'agita, roseau solitaire dans l'étendue vaseuse des espérances scolaires de la 4^{e}C. Pour la troisième fois, M. Canson fit comme s'il ne le voyait pas.

« Bon, dit-il d'un ton catégorique, pas d'élevage d'asticots pour nous. »

Il leva ses deux mains blanches de craie.

« Ne dites pas qu'on ne vous avait pas prévenus, dit-il. Je prends mon café tous les jours dans la salle des professeurs. Et je ne suis pas sourd. Plus d'une fois je les ai entendus dire, tous, M. Spencer, M. Harris, M. Dupasque, Mlle Arnott : "Je les ai prévenus. S'ils ne travaillent pas, ils finiront en 4^{e}C." Eh bien vous y voilà.

– C'est pas notre faute si on est bêtes, répliqua George Spalder.

– Vous n'êtes pas si bêtes que ça. Si vous aviez aussi peu de cervelle que vous le laissez croire, vous seriez en train de végéter dans un service de réanimation, répliqua sèchement M. Canson.

– Alors qu'est-ce qu'on fait ici ? »

M. Canson prit un ton de prédicateur :

« Vous récoltez ce que vous avez semé. Bon, et maintenant, à vos bulletins de vote. Choisissez : textile, nutrition, économie domestique, développement de l'enfant ou études de marché.

– Moi, je choisis rien du tout, dit Gwyn Phillips. Tout est nul. »

M. Canson, qui partageait secrètement ce point de vue, se garda de répondre. Mais lorsque George Spalder ajouta : « C'est des trucs de filles ! », il se sentit obligé de mettre les choses au point.

« Ne vous faites pas d'illusions. Pendant que vous êtes tous assis là à rouspéter, les filles, dans tout le pays, sont en train de fabriquer du savon, d'élever des asticots et de faire exploser des boîtes de lait en poudre. Elles étudient la chimie, la biologie et la physique. Le butin revient aux vainqueurs. Elles, elles réussissent leurs examens. »

Puis, soudain fatigué de toute cette agitation, il se mit à faire les cent pas entre les rangs, pressant ses élèves de rendre leurs papiers.

« Allez, Robin Foster. Dépêchez-vous, Rick. Qu'est-ce que ça peut bien vous faire d'ailleurs ? Mlle Arnott dit que vous ne venez presque jamais en classe. Merci, Tariq. Voilà, prenez exemple sur Tariq. Il a choisi. Il a écrit sur son bulletin, pas très proprement, mais c'est lisible. Et il vient de mettre son papier dans l'urne. Merci, Tariq. Merci. Merci Henry. Inutile de le jeter brutalement. Merci, Russ. Merci. Merci Martin, et j'espère que vous serez content de… »

M. Canson s'interrompit. Il était clair que le nouveau ne l'écoutait pas. Quand l'ombre du professeur se posa sur sa table, il ôta de son oreille l'index de sa main droite, juste le temps de prendre son bulletin soigneusement rempli et de le laisser tomber dans la corbeille en plastique. Et tout cela sans lever les yeux de son livre.

M. Canson n'en revenait pas. Il tira délicatement sur les doigts que Martin Simon avait remis dans ses oreilles et lui demanda :

« Que faites-vous ? »

Le garçon était visiblement aussi confus que lui.

« Je lis, Monsieur.

– Vous lisez. Et que lisez-vous ?

– Shakespeare. »

M. Canson écarquilla les yeux.

« Shakespeare ? »

Il jeta un coup d'œil circulaire sur la classe, espérant qu'aucun autre élève n'avait entendu. Espoir déçu : ils étaient tout ouïe.

« En anglais ou en français ? » demanda M. Canson, qui pensait pouvoir détourner l'attention des autres par une plaisanterie.

Martin Simon rougit.

M. Canson retourna le livre.

« En anglais !

– Je suis désolé », dit-il machinalement.

M. Canson soupira.

« Moi aussi, mon garçon. Moi aussi. »

Il y eut un silence, puis M. Canson reprit :

« Eh bien, qu'est-ce que vous attendez ? Rangez vos affaire et allez-vous-en. »

Martin Simon le regarda avec étonnement.

« Où, Monsieur ?

– N'importe où. Vous avez l'embarras du choix : essayez la classe de M. King. Ou celle de M. Henderson. Je suis sûr que l'un comme l'autre serait ravi de vous avoir.

– Mais pourquoi ? »

Dans un geste de sympathie, M. Canson posa son imposant postérieur sur le coin de la table de Martin Simon. Pour un garçon intelligent, se disait-il, il n'est pas très futé.

« Il faut regarder les choses en face, lui dit-il. Vous ne pouvez pas rester ici. D'abord, vous savez lire. Ne serait-ce que pour ça, vous n'êtes pas à votre place. Et puis, il y a un autre problème. Vous lisez en anglais. »

D'un geste large de la main, il montra les autres qui, tous, observaient la scène.

« Je crois que nous pratiquerons pas mal de langues dans cette classe, expliqua-t-il. Il y a déjà le langage imagé dont je me sers quand je me mets en colère. Et puis, le patois très pittoresque de notre cité. Et on m'a dit aussi que Tariq, ici présent, pouvait jurer dans trois dialectes différents. Mais personne ne parle l'anglais. »

Il rajusta sa position sur la table.

« Non, je crois qu'il faut que vous partiez. »

Une pensée lui traversa l'esprit.

« Avec tous les examens de sciences que vous avez réussis, vous pouvez même essayer directement le professeur Feltham. Il vous prendra peut-être. »

Martin Simon semblait avoir enfin compris. Il se leva et fourra dans son cartable les quelques affaires qu'il avait sorties.

M. Canson remarqua son air déçu.

« Je suis aussi navré que vous, lui dit-il. Mais croyez-moi. C'est pour votre bien. Vous ne seriez pas à votre niveau ici. Il y a eu une erreur quelque part. »

Martin Simon fit un signe de tête.

« Demandez au secrétariat, lui conseilla M. Canson en le raccompagnant jusqu'à la porte. Dites-leur qu'ils se sont trompés et que vous ne pouvez pas revenir ici. Je ne veux pas de vous. »

Il le regarda s'éloigner dans le grand couloir aux murs verts.

« Au revoir, mon garçon, lui cria-t-il d'un ton mélancolique. Et bonne chance ! »

Puis il referma la porte et se tourna vers sa classe avec un air de détermination inébranlable.

« Bon ! Enlevez-moi ce foulard, Sajid. Qu'est-ce que vous mangez, Luis Pereira ? Allez cracher ça dans la poubelle. Nous avons perdu assez de temps comme ça. Je vous préviens, je veux en avoir fini avec ça avant la sonnerie. »

Avec n'importe quelle autre classe, il y serait parvenu. Pas avec celle-là. Les deux élèves qu'il avait choisis pour dépouiller les bulletins de vote ne savaient pas très bien compter et en plus il y avait toujours quelqu'un pour contester (« Vous ne pouvez pas compter la voix de Rick, Monsieur ! Il n'est jamais là ! »). Impossible de faire ça dans les temps. Avant même que le troisième décompte soit terminé, Robin Foster et Wayne Driscoll étaient debout, brandissant chacun un chronomètre imaginaire et gonflant les joues comme s'ils s'apprêtaient à siffler la fin d'un match.

La cloche allait sonner d'une seconde à l'autre.

M. Canson, qui était assis sur le coin de son bureau, se leva avec peine. Déplacer son énorme corpulence lui demandait toujours un effort. Ce n'était pas pour rien qu'on l'appelait, derrière son dos, le Vieux Canasson.

« Taisez-vous, hurla-t-il, comme s'il voulait trancher le brouhaha d'un coup de sabre. Ça suffit, maintenant, j'en ai assez ! La cloche va sonner et nous devons absolument dépouiller ces bulletins. Je vous préviens, le prochain d'entre vous qui fait le moindre bruit – j'ai bien dit le moindre bruit – sera désigné d'office pour piocher dans la corbeille. Et quel que soit le sujet inscrit sur le papier, ce sera ça, un point c'est tout. »

Le silence fut immédiat et total. Les élèves de 4^eC n'étaient peut-être pas des lumières, mais aucun d'eux n'était assez stupide pour accepter de porter seul la responsabilité de trois semaines de travail sur un sujet diaboliquement conçu par le professeur Feltham pour leur faire découvrir l'intérêt intrinsèque de la couture, de la cuisine ou du ménage.

On aurait dit que personne n'osait respirer. M. Canson entendait même le gazouillis d'un oiseau dehors dans la gouttière.

Le charme fut rompu de façon brutale et inattendue.

D'un seul coup la porte de la classe se mit à vibrer comme sous l'effet d'un tremblement de terre. La clenche tourna bruyamment et un grand escogriffe fit son entrée, les bras ballants.

Il fut accueilli par des clameurs d'approbation.

« Tiens, salut face de poux !

– Celui qui arrive le dernier, il se fait bizuter !

– Simon, je t'ai gardé une place !

– Tu nous as enfin trouvés, eh ben dis donc, chapeau !

– Ah, mais c'est qu'il devient malin, Simon Martin ! »

Simon Martin... Martin Simon... Mais bien sûr !

M. Canson reprit sa position favorite sur le coin de son bureau. C'était donc ça. Une simple erreur d'écriture.

Martin Simon... Simon Martin...

Il laissa quelques instants libre cours à l'excitation générale.

« Où tu étais, Simon ?

– Coincé, figurez-vous, répondit-il fièrement. Dans la classe du professeur Feltham.

– Dans la classe de Feltham ! »

Nouvelle explosion de rires. M. Canson lui-même ne put s'empêcher de sourire en imaginant ce grand lourdaud sans cervelle planté comme une île déserte au milieu d'un océan de surdoués.

« J'lui ai dit que y avait erreur. Vous croyez qu'il m'aurait écouté ? Non ! Il a fallu que l'autre chiadeur vienne me délivrer. Et même là… »

Pour couper à la rafale de récriminations qui s'annonçait, M. Canson tendit à son nouvel élève la corbeille en plastique contenant les bulletins de vote.

« Prenez un papier. »

Le regard de Simon Martin, déjà plein de colère, devint soupçonneux.

« C'est pour quoi faire, ce truc ?

– Prenez-en un, vous dis-je, dit M. Canson en durcissant le ton. Allons ! »

Simon Martin plongea la main dans la corbeille et tomba sur le bulletin le mieux écrit.

« Alors ? »

Pendant quelques secondes, le garçon regarda fixement le bout de papier. Ses sourcils épais comme de grosses chenilles se froncèrent en signe de perplexité, puis il s'efforça de lire l'écriture parfaite de Martin Simon :

« Dévo... dévo... dévolop... ment de l'enfant, lut-il d'une voix trébuchante.

– Développement de l'enfant, corrigea M. Canson juste avant l'explosion.

– C'est les bébés, ça, non ?

– Ah non, pas les bébés, Monsieur !

– C'est des trucs de filles !

– Moi, je viendrai plus du tout ! Jusqu'à ce que ça soit fini, en tout cas.

– Tout ça à cause de toi, Simon !

– C'est pas des sciences, ça ! C'est du bidon !

– Mauvaise pioche, Simon ! Recommence ! »

M. Canson se dépêcha de jeter à la poubelle les autres bulletins de vote qui allèrent rejoindre ce que Luis Pereira avait craché un moment plus tôt.

M. Canson feuilleta l'énorme mémorandum du professeur Feltham sur la Kermesse scientifique. Quelle barbe de commencer l'année scolaire avec un tel pensum ! Pourquoi Feltham ne faisait-il jamais comme tout le monde ? Dans les autres établissements, on gardait cette grande contribution aux merveilles de la science pour la dernière semaine avant les vacances, quand les classes comme la 4ᵉC pouvaient être tranquillement abandonnées à leur paresse. Le problème avec les gens enthousiastes, c'est qu'ils n'admettent jamais la faiblesse des autres.

Ayant enfin trouvé la bonne page, M. Canson éleva la voix comme quelqu'un qui va annoncer le gagnant d'un prix.

« L'expérience choisie par le professeur Feltham pour ce sujet est… » commença-t-il solennellement.

Il jeta un coup d'œil devant lui. Il n'avait pas encore prononcé le mot que déjà une masse de visages dégoûtés le regardait.

« Les bébés de farine ! »

Le mépris se transforma en stupéfaction.

« Les quoi ?

– Qu'est-ce que c'est que ça ?

– N'importe quoi ! Aucun rapport avec les sciences. »

Secrètement, M. Canson pensait la même chose. Il regarda à nouveau sa liste. N'était-ce pas une erreur ? Encore une faute de frappe ?

Non. Il y avait bien écrit noir sur blanc : bébés de farine.

Bon.

M. Canson laissa tomber le mémorandum du professeur Feltham sur le bureau. Les explications seraient pour plus tard. L'heure était presque passée. Déjà Wayne Driscoll, les joues prêtes à éclater, agitait frénétiquement son chronomètre imaginaire.

Et la cloche sonna.

Encore un petit rituel à accomplir et le cours serait terminé. Qui serait le premier, aujourd'hui ?

Bill Simmons.

« Dites-moi, Bill Simmons, je ne crois pas avoir dit que le cours était terminé. Retournez vous asseoir, je vous prie.

– Mais Monsieur, la cloche a sonné.

– Cette cloche est un signal pour moi, Bill, pas pour vous. »

Mais le cœur n'y était pas. Ce n'était pas le jour. Pour se débarrasser d'eux un peu plus tôt, il alla même jusqu'à faire semblant de ne pas voir que Russ Mould, prêt à bondir, avait déjà soulevé ses fesses de quelques centimètres au-dessus de sa chaise.

« Bien. Allez-y. »

Ils se ruèrent vers la porte comme un troupeau, laissant leur professeur à ses interrogations.

Les bébés de farine... Qu'est-ce que ça pouvait bien être ?

Chapitre 2

Simon Martin s'affala sur les trois chaises alignées devant la salle des professeurs. On l'avait envoyé là parce qu'il faisait le pitre à la chorale du matin. Il n'était arrivé que depuis quelques minutes et déjà il s'ennuyait à mourir. Il avait essayé de siffler (mais Mlle Arnott l'avait disputé en entrant dans la salle). Il avait essayé de jouer un air en tapant des pieds (mais M. Henderson l'avait réprimandé en sortant de la salle). Il avait même essayé de voir combien de claquements différents il pouvait faire avec sa langue (mais M. Spencer lui avait fait les gros yeux en passant).

Ils ne lui avaient vraiment pas laissé le choix.

On ne pouvait quand même pas exiger de lui qu'il reste assis là toute la journée sans rien faire.

Quand le suivant sortirait, il essaierait.

Le suivant fut M. Dupasque. Avant que la porte ne se referme complètement derrière lui, Simon Martin recula subrepticement un de ses pieds de géant pour la garder entrebâillée.

Après tout, c'était bien de leur faute. Non seulement il avait été renvoyé de la chorale pour une broutille, mais maintenant il devait rester assis là, à se morfondre, sans avoir le droit de siffloter, ni de jouer avec ses pieds, ni de faire claquer sa langue. Alors, qu'ils ne s'étonnent pas s'il écoutait aux portes.

Simon s'installa la tête tournée à droite comme s'il regardait vers le fond du couloir. En fait, du coin de l'œil, il voyait par un minuscule interstice dans la salle des professeurs. Le Vieux Canasson y apparaissait, gesticulant, dans un de ses grands numéros.

« Mais enfin c'est invraisemblable ! hurlait-il. Sérieusement, votre projet sur le thème du développement de l'enfant, ce sont des sacs de farine de trois kilos ? Et vous avez l'intention de donner une de ces choses à chacun des enragés de ma classe ?

– Prêter, Éric, prêter.

– Donner, prêter... » Simon, dans sa vision très restreinte de la scène, vit M. Canson, désespéré, lever les bras au ciel. « Avec cette bande d'inadaptés sociaux, je ne vois pas la différence. Vous leur confiez une pierre, ils vous la rendent en miettes. Alors vous pensez si un sac de farine va durer longtemps entre leurs mains ! Franchement, vous avez perdu la tête ! Ils sont dix-neuf dans la 4eC cette année. Dix-neuf fois trois ça fait soixante-seize !

– Cinquante-sept, rectifia Feltham.

– Hein ? »

Le professeur Feltham interpréta mal l'accès de colère et d'impatience de M. Canson. Il pensa qu'il demandait une explication sur son erreur de calcul.

« Vous avez dû multiplier par quatre au lieu de trois, dit-il. Je ne vois pas d'autre explication. »

Simon, qui avait un peu de mal à suivre le calcul, relâcha son attention et il faillit relâcher aussi le pied qui tenait la porte entrebâillée, lorsqu'une nouvelle tranche de M. Canson lui apparut, encore plus vociférante.

« Oh, cinquante-sept ou soixante-seize, qu'est-ce que ça change ? Tout ce que je vois, c'est que ça fait plus de cinquante kilos de farine tamisée explosant dans ma salle de classe ! »

Dans le couloir, un air de ravissement se peignit sur le visage de Simon Martin. Avait-il bien entendu ? Cinquante kilos de farine tamisée ? Explosant ? Dans la classe ? Ô joie ! Ô bonheur suprême ! Enfin une bonne raison d'avoir envie de venir à l'école. Enfin une récompense pour toutes ces heures passées à écorcher ses genoux trop grands sous ces tables de poupée, à se faire réprimander par les profs et à mourir d'ennui.

Cinquante kilos de farine tamisée.

BAOUM ! ! !

Il voyait ça d'ici. Des nuages de farine ! Des montagnes de farine ! On marcherait dedans jusqu'aux genoux. Il y en aurait partout du sol au plafond, il en sortirait par les fenêtres et sous la porte.

Cette vision était tellement séduisante, tellement blanche et parfaite, tellement grandiose que pendant un moment les oreilles de Simon furent envahies par la force magique de son imagination. Il n'entendit pas le professeur Feltham expliquer en détail à son collègue comment l'expérience devait se dérouler.

« Vous n'y êtes pas du tout, Éric. Ce sont les boîtes de lait en poudre qui explosent, pas les bébés de farine. Les bébés de farine constituent une simple expérience sur la relation parent-enfant. Chaque élève doit prendre l'entière responsabilité de son bébé en farine pendant trois semaines et tenir un journal de ses problèmes et de ses comportements. Ça donne des résultats très intéressants. C'est fou ce qu'ils apprennent sur eux-mêmes et sur ce que c'est qu'être parent. Une expérience tout à fait profitable. Vous verrez. »

Simon n'entendit que les derniers mots : « Vous verrez. » Lui, il voyait déjà ! BAOUM ! ! ! Et puis un énorme champignon de farine chapeautant la salle de classe qu'il détestait comme une prison. Il s'éleva mentalement dans cette auréole blanche comme neige, redescendit en douceur et atterrit juste pour surprendre M. Canson essayant désespérément une dernière fois de repousser cette perspective unique, fabuleuse.

« Pourquoi ne pas leur faire faire quelque chose dans les ateliers de M. Higham ? »

Une nouvelle voix affolée se fit entendre.

« Éric ! Mes ateliers sont surchargés ! C'est la Kermesse scientifique ! Il faut construire les plans inclinés pour l'expérience sur le frottement en déclivité et l'ossature d'une maison pour le système d'alarme électronique de la 4ᵉF. On n'a même pas commencé à bâtir le socle pour le ventilateur à thermistor de Harrison, ni la charpente pour la centrale électrique des jumeaux. Quant à l'élevage d'asticots, il a besoin de quelques réparations, sinon nous aurons des asticots partout. »

Par la fente, dans un éclair, Simon vit M. Higham écarter les bras en signe d'impuissance.

« Désolé, Éric. Ce n'est pas seulement parce que je suis débordé de travail. Je ne tiens pas à laisser vos hurluberlus entrer dans mes ateliers en ce moment. La dernière fois, j'ai fouillé Rick Tullis, il avait quatre tournevis cachés dans son slip. Quatre ! Et votre Sajid Mahmoud n'a qu'à regarder un rabot pour que sa lame soit décentrée. Désolé, Éric, c'est non. »

S'il n'avait pas été aussi indigné que M. Canson veuille à tout prix refuser ce cadeau du ciel, Simon aurait peut-être eu un peu pitié de lui. Il semblait tellement abattu.

« Je ne suis pas près d'oublier ça, souffla-t-il. Je m'en souviendrai la prochaine fois que l'un de vous sera dans la panade ! »

La voix se rapprochait de la porte. Simon commença à reculer précautionneusement son pied.

« Soixante-sept kilos de farine ! Dans ma classe ! Avec cette bande de zozos ! Et personne pour me venir en aide. Personne. Je m'en souviendrai. Ça, vous pouvez en être sûrs. »

Simon retira brusquement son pied de la porte,

juste au moment où M. Canson l'ouvrait violemment.

« Qu'est-ce que vous faites ici, vous ?

– C'est vous qui m'avez dit d'venir ici, M'sieur.

– Bon, eh bien maintenant je vous dis de partir. Allez ouste ! Retournez dans la salle de classe et que ça saute !

– Oui, Monsieur. »

Par principe – ce n'était pas vraiment nécessaire – Simon se baissa pour défaire puis refaire son lacet en prenant tout son temps. Il ne regretta pas cette petite provocation de routine car, même si elle lui valut un regard menaçant de M. Canson, elle leur permit à tous les deux de rester là assez longtemps pour entendre distinctement, dans la salle des professeurs :

« Vous voyez, il s'est encore trompé. Cette fois il a dû multiplier le un par quatre. Son cerveau fonctionne bizarrement, tout de même. »

Simon était satisfait : point de vue honneur, M. Canson et lui étaient quittes. Il partit de son pas traînant et son professeur le suivit du même pas, mais en laissant Simon prendre de l'avance dans le couloir. Il avait besoin de réfléchir. Comment se sortir de là ? Il avait annoncé d'un ton ferme que le prochain qui ferait le moindre bruit aurait à choisir le sujet. Et Simon avait pioché *bébés de farine*. Mais il fallait être juste. Sa fâcheuse habitude d'ouvrir les portes comme un homme préhistorique était purement accidentelle. Il ne le faisait pas exprès. Il ouvrait les portes à la manière d'un gorille, un point c'était tout.

Donc, inutile de se montrer aussi inflexible.

Ils allaient recommencer le vote.

Apaisé, M. Canson accéléra le pas. Tout en cogitant, il était resté loin en arrière. Tellement loin qu'il n'entendit pas Simon Martin hurler en entrant dans la classe :

« C'est les bébés de farine ! C'est supergénial ! Vachement mieux que le savon, les asticots ou tout ce que vous voulez ! Jamais entendu parler d'un truc scientifique aussi marrant ! »

Arrivant vingt secondes plus tard, M. Canson plongea dans ce brouhaha sans se donner la peine d'exiger un peu de silence. Il hissa son postérieur sur son bureau et dit, d'un ton de conciliateur :

« Bon, écoutez-moi. J'ai bien réfléchi. Je ne veux pas être injuste. Il n'y a pas de raison que vous soyez tous pénalisés parce que Simon Martin fait du bruit en ouvrant les portes. Un jour, quand nous aurons plus de temps, nous lui expliquerons comment on se sert d'une poignée. Mais pour l'instant, oublions tout cela et revenons à notre discussion sur les options possibles pour la Kermesse scientifique. »

Simon siffla entre ses dents. En général il ne faisait pas très attention à ce que disaient les profs. Mais il reconnaissait tout de suite chez eux les formes les plus communes de la sournoiserie.

« Quel faux-jeton ! chuchota-t-il furieux à son voisin, Robin Foster. Il essaie d'échapper aux bébés de farine, justement parce que c'est ce qu'il y a de mieux ! »

Par simple habitude, Robin fit passer le message. Son voisin aussi. Et ainsi de suite. La rumeur parcourut la classe à une telle vitesse qu'au moment où M. Canson, ravi, demandait : « Alors, qui préférerait l'option *textile* ? », ils étaient tous prêts pour l'opération de sabotage.

« Couture et compagnie ! Super ! Fais gaffe, Foster ! Je te dois un coup de ciseaux. Rappelle-toi l'année dernière !

– Je vous parie que je peux me planter cinquante aiguilles dans la figure et les garder pendant toute l'heure !

– Et moi, je parie que Tariq est capable de faire marcher la machine à coudre tellement vite qu'elle va exploser.

– Eh, Monsieur, je pourrai faire un drapeau nazi ?

– Si c'est les textiles, on pourra faire des taches ?

– Oh oui, Monsieur ! J'ai plein d'idées de taches qui s'en iraient jamais ! Jamais. »

M. Canson frémit intérieurement.

« Écoutez, dit-il avec un grand sourire, ne nous embêtons pas avec les textiles. Prenons plutôt *études de marché.* »

Mais ils l'attendaient au tournant.

« Oh oui ! Oh oui !

– On l'a déjà fait, c'était supergénial. Une fois, il fallait compter combien il y avait de fayots dans huit sortes de boîtes de conserve différentes. On aurait pu gagner, Monsieur, mais Wayne n'arrêtait pas d'en piquer.

– On aurait gagné aussi le test sur le rapport qualité-prix des bonbons, Monsieur. Mais Tariq n'arrêtait pas de les cracher sur Phil au lieu de les sucer correctement. »

Simon sentait bien que rien de tout cela ne pouvait décourager M. Canson. Pour être sûr qu'il rejetterait tous les sujets sauf les bébés de farine, il fallait mettre le paquet, sortir la grosse artillerie.

« Pour les études de marché, on nous laisse seuls dans les magasins », dit-il à M. Canson d'un ton grave.

Et aussitôt les autres renchérirent.

« C'est vrai ! Une fois, quand on est revenus, on n'était plus que quatre. M. Harris a piqué une de ces crises !

– Et Russ a failli se faire écraser. C'était marrant !

– Le type est sorti de sa voiture comme une fusée, il a vérifié que Russ n'avait rien, et il l'a giflé.

– Tout ça parce que j'avais fait une bosse dans sa carrosserie, Monsieur. Et c'était pas de ma faute. C'est Luis qui m'avait poussé.

– Il était en train de courir après une fille. »

Luis regarda fièrement autour de lui.

« Et je l'ai eue, non ? C'était Moïra. »

Le simple nom de Moïra provoqua des rugissements d'approbation. M. Canson tourna le dos à sa classe. Il savait par expérience que n'importe quel prénom féminin suscitait un déchaînement de gestes rituels douteux. Et il ne voulait pas voir ça. De toute façon, l'idée de les envoyer traîner dans les magasins le décourageait d'avance. Pourquoi bon Dieu avait-on inventé l'école ? Certainement pour remplir le cerveau des jeunes gens avec des choses un peu plus importantes que de savoir quel était le meilleur endroit où acheter des serpillières.

Non, il n'allait pas se compromettre dans cette nouvelle forme de mauvais goût.

Il prit l'éponge et d'un long mouvement aller-retour il effaça énergiquement au tableau *textile* et *études de marché*.

« *Économie domestique*, alors ? » suggéra-t-il.

Hurlements de mépris.

« Allez, on joue à Wendy, la Fée du logis !

– Oh mon Dieu ! Ne prends pas ce torchon pour essuyer les assiettes ! Tu viens de t'en servir pour nettoyer les toilettes !

– Vous savez, il faut rentrer le linge quand il pleut, sinon il risque d'être mouillé !

– Vous exagérez », leur reprocha M. Canson, d'un air sévère.

Mais, en fait, il ne voyait vraiment pas de quoi il pouvait être question en économie domestique sinon de choses qu'un simple d'esprit pouvait apprendre tout seul en quinze jours.

Il effaça *économie domestique*.

« Je vous préviens, il ne reste que *bébés* ou *nourriture.* »

Il était persuadé que leur choix était fait. La plupart des garçons qu'il avait en face de lui passaient la moitié de la journée à manger. Il ne pouvait pas faire une heure de cours sans avoir à demander à untel ou untel d'avaler ou de cracher ce qu'il avait dans la bouche, de ranger ceci ou cela jusqu'à la récréation. Avec l'option *nourriture*, il était sûr...

Pourtant, non.

« Nutrition, on a déjà donné, Monsieur. Ça n'avait rien à voir avec la nourriture.

– C'était plutôt l'écriture.

– Il fallait choisir des recettes. »

Wayne Driscoll, à son habitude, se concentra très fort et extirpa triomphalement de sa mémoire une phrase toute faite de l'année précédente.

« Des repas équilibrés, Monsieur !

– Ce que les petits vieux peuvent manger au petit déjeuner quand ils n'ont plus de dents.

– C'était mortel.

– On faisait même pas la cuisine.

– Il fallait seulement regarder des tableaux et des trucs comme ça. »

M. Canson était abasourdi. À quoi cela servait-il que les contribuables paient si cher pour qu'on aménage des cuisines rutilantes dans les lycées de tout le pays, si les élèves ne s'en servaient pas ?

« Vous avez bien dû faire la cuisine quelquefois », insista-t-il.

La grimace que lui adressa Sajid Mahmoud aurait fait peur à une statue de marbre.

« La seule fois où j'ai fait la cuisine, dit-il, je me suis fait enguirlander parce que j'ai jeté le truc à la poubelle tout de suite après avoir été noté.

– Normal, s'écria M. Canson. C'était pour vous apprendre qu'on ne doit pas gâcher la nourriture !

– Mais je ne pouvais pas la manger ! C'était du ragoût de viande, et je suis végétarien !

– Vous n'aviez qu'à préparer autre chose. »

Sajid rougit de colère en repensant à cette injustice.

« Je ne vois pas pourquoi ! Personne ne nous avait prévenus qu'après il faudrait manger le plat qu'on préparait ! On nous a dit et répété que ça devait être un plat équilibré, comme disait Wayne, et plein de vitamines et tout ça. Mais personne ne nous a dit qu'il fallait que ce soit bon et qu'on devait le manger. »

Et il reprit en marmonnant rageusement :

« Et cette peau de vache a changé mon B en E. Et en plus elle m'a obligé à nettoyer la poubelle…

– Et les autres ? interrompit M. Canson. (Il pensait jouer au plus fin en offrant à Simon une chance de se défaire de la responsabilité d'avoir pioché le mauvais sujet la première fois.) Et vous, Simon ? Vous préféreriez sans doute la cuisine, non ? »

Simon lui lança un regard torve.

« Non, pas du tout.

– Vous êtes sûr ? insista M. Canson. Je suis certain qu'un garçon comme vous, en pleine croissance, doit apprécier de temps en temps un bon petit plat pour améliorer l'ordinaire, non ? »

Non, Simon n'avait pas l'intention de se faire rouler. Ni de permettre à un seul de ses camarades de se laisser embobiner. Il fallait leur rappeler les sinistres souvenirs de l'année précédente.

« On aurait pu s'écrouler, morts de faim, dit-il, avant qu'on nous autorise à faire la cuisine. D'abord on a passé des semaines et des semaines à apprendre à convertir des millilitres en centilitres et après encore des semaines à faire les conversions dans l'autre sens, et puis on nous a rebattu les oreilles des bienfaits des fibroïdes…

– Des fibres, probablement, rectifia M. Canson.

– Oui enfin… dit Simon, balayant d'un geste cette rectification. En tout cas, on n'a eu le droit d'entrer dans la cuisine que deux fois dans l'année. »

Il ne put s'empêcher d'ajouter, amer :

« Et la première fois, la moitié de la classe a été

renvoyée presque tout de suite, parce qu'on était sagement en rang. »

M. Canson lui lança un regard soupçonneux.

« Parce que vous étiez sagement en rang ? Comme ce matin quand je vous ai renvoyé de la chorale ?

– Plus tranquillement que ça, répondit Simon d'un air angélique.

– C'est vrai, Monsieur, renchérit Robin Foster. On faisait tous la queue.

– Oui, pour se servir du robot.

– Ben oui, on devait couper des tomates en tranches ! »

Soudain, M. Canson vit la scène, comme s'il y était, comme si elle se déroulait sous ses yeux, ce matin-là. Toute une classe comme celle-là en train de répandre une pagaille monumentale, trente démons en train de se pousser, de se bousculer, de jouer des coudes, de chahuter. Certains tenaient leurs tomates n'importe comment et les laissaient dégouliner sur le carrelage tout propre. D'autres envoyaient bien haut sur les murs ou dans la figure de leurs voisins des pépins jaunes et gluants.

« Vous faisiez la queue, dit-il, vous faisiez tranquillement la queue ?

– Parfaitement », lui assurèrent tous ceux qui y étaient.

M. Canson s'était battu comme un lion. Mais maintenant, il capitulait. Simon ne put s'empêcher de ricaner de plaisir et de soulagement lorsque, regardant intensément son professeur, il décela le moment où celui-ci renonça à l'option *nutrition*. M. Canson, lui, ne voyait plus qu'une chose, dans son imagination : des élèves faisant la queue devant le robot. Prêts à perdre une heure entière à attendre leur tour, juste pour faire vrombir et gémir cette machine magique. Chacun de ces garçons perdant une demi-heure de son existence pour pouvoir jeter une malheureuse tomate déjà à moitié écrasée dans le réceptacle de cet instrument de précision avec ses interrupteurs, ses lames multiples et ses deux vitesses. Chacun d'eux avançant patiemment millimètre par millimètre, dédaignant le simple couteau de cuisine avec lequel en quelques secondes – sans bruit, sans désordre – il aurait pu couper sa tomate en dés ou en tranches.

La vie était trop courte pour la *nutrition*.

Tant pis. Ce serait les bébés de farine. Ce serait le chaos.

Chapitre 3

Simon s'assit sur la table de la cuisine, prit un peu de recul par rapport à son bébé de farine et avança le bras pour lui donner une petite tape.

Il tomba sur le côté.

« Tsss, soupira Simon. Elle n'est même pas encore capable de se tenir assise ! »

Il la releva et lui donna encore une tape.

Elle retomba.

« Tu ne peux pas te relever toute seule, hein ? » la gronda-t-il en l'asseyant à nouveau.

Cette fois le bébé de farine bascula en arrière et tomba de la table dans le panier du chien.

« Oh, tu m'emmerdes, à la fin !

– Ne dis pas de gros mots devant lui, intervint la mère de Simon. Tu lui donnes le mauvais exemple. »

Simon se baissa pour ramasser son bébé de farine, qui avait atterri sur le coussin de Macpherson, et enleva les poils collés sur sa robe.

« Pas lui, *elle* », dit Simon à sa mère d'un ton de reproche.

Car c'était une fille. Il n'en doutait pas une seconde. Certains des bébés distribués le matin même par M. Canson pouvaient être indifféremment garçon ou fille. Mais celui qui avait atterri sur les genoux de Simon était une fille.

« Allons, réveillez-vous, attrapez ça ! Vous êtes bien l'un de nos grands sportifs, non ? Alors ce n'est pas le moment de dormir. »

Elle était très mignonne. Elle portait un bonnet rose à volants et une robe de Nylon, rose aussi, et sur la toile étaient joliment dessinés deux petits yeux ronds adorables, bordés de longs cils.

Robin Foster, son voisin de table, en fit une crise de jalousie.

« Pourquoi elle a des yeux, la tienne ? La mienne, c'est juste un sac sans rien. Tu ne veux pas qu'on échange ? »

Simon serra son bébé de farine contre lui.

« Non, c'est la mienne. T'as qu'à lui en faire, des yeux.

– Et la tienne elle est habillée, en plus ! »

Il se tourna pour crier à M. Canson, qui finissait juste de distribuer les sacs de farine :

« Monsieur, Monsieur, la poupée de Simon,

elle a une robe et un bonnet et des yeux et tout ça. Et la mienne, elle n'a rien. C'est pas juste.

– Si tous les parents renvoyaient les enfants à qui il manque un petit quelque chose, répliqua M. Canson, vous ne seriez pas très nombreux dans cette classe. Asseyez-vous et taisez-vous. »

Il se hissa et s'assit sur son bureau, puis commença à lire les règles à observer pour cette expérience.

Bébés de farine

1. Les bébés de farine doivent être gardés propres et tenus au sec. Toutes les taches, les fuites, les effilochures seront sanctionnées.

2. Les bébés de farine passeront deux fois par semaine à la pesée : une perte de poids peut être une preuve de négligence ou de mauvais traitement ; un gain de poids peut indiquer que le bébé de farine est resté dans un endroit humide ou a subi quelque modification illicite.

3. Aucun bébé de farine ne doit être laissé sans surveillance un seul instant, ni le jour ni la nuit. Si vous devez absolument vous en éloigner, même pour quelques minutes, confiez-le à un baby-sitter sérieux.

4. Chaque élève devra tenir un Journal de Bébé où il écrira chaque jour un compte rendu de trois phrases complètes au moins et cinq pages au plus.

5. Certaines personnes (dont l'identité ne sera révélée qu'à la fin de l'expérience) auront pour tâche de vérifier que les bébés sont bien soignés et les règles ci-dessus observées. Ces personnes peuvent être des parents, d'autres élèves, des membres du corps enseignant ou des personnes de l'extérieur.

Il leva les yeux.

« Voilà. »

C'était la première fois de sa vie qu'il voyait une classe réduite au silence absolu. Spectacle intéressant. Coup de chapeau au professeur Feltham et à ses matheux. Ils avaient des pouvoirs surnaturels. Il y en avait qui entraient et sortaient de la salle des professeurs comme des zombies, qui portaient des pulls détricotés sans s'en apercevoir, qui devaient faire un effort de mémoire apparemment surhumain quand on leur demandait s'ils sucraient ou non leur thé. Mais ils étaient capables d'accomplir des prodiges. De faire des miracles. Avec leurs dons mystérieux, ils pouvaient réaliser l'inimaginable. Réduire la planète en miettes et la 4eC au silence.

« Eh bien, demanda-t-il, quelque peu énervé. Des questions ? »

Simon prit son bébé de farine et souleva sa robe. Pas de culotte, en dehors du sac en toile.

Elle avait déjà des traînées noires sur le derrière : Simon l'avait assise dans la rainure de son pupitre, où la réserve de miettes de gomme de Robin Foster débordait depuis quelque temps.

« Regarde-moi ça, dit-il à Robin d'un ton de reproche. Elle est déjà toute sale, et c'est de ta faute, Foster. À partir de maintenant, tu vas tâcher de tenir ce pupitre un peu plus propre. »

Robin regarda les petits tas de particules de gomme toutes noires qu'il gardait précieusement, afin que Simon et lui aient toujours assez de matière première pour faire des boulettes à lancer. Puis il jeta un coup d'œil à Simon, essayant de voir s'il avait dit ça en plaisantant. Enfin, dans son arsenal de réactions possibles, il choisit la plus tranchante : le ridicule.

« Monsieur, Monsieur, hurla-t-il, le poing brandi pour attirer l'attention de toute la classe. Il faut que je change de place, Monsieur. Je ne peux pas rester ici, c'est trop dangereux. Simon est en train de devenir comme ma mère ! »

La blague leur dura toute la journée. Quand sonna l'heure de la sortie, Simon n'en pouvait plus. Il avait passé des heures à caler soigneusement son bébé de farine sur son cartable pour pouvoir se jeter sur le dernier qui l'avait appelé Maman Martin ou la Mère Simon, et lui taper la tête contre le mur. Quand il franchit la grille de derrière à trois heures et demie, il avait les jointures des doigts brûlantes et le poignet tout écorché. Il s'arrêta juste pour enlever la tache de sang sur la robe de son bébé de farine parce que – chose étrange – il entendait comme un écho résonner dans ses oreilles. La voix de sa mère disant : « Oh, non, Simon ! Pas du sang ! Il n'y a rien de pire que les taches de sang ! » Il préféra essuyer sa main sur sa chemise.

Et maintenant, sa mère était là, en chair et en os, en train de l'abreuver généreusement de ses conseils.

« Tu devrais le mettre dans un sac en plastique pour ne pas le salir.

– Tu faisais ça, avec moi ? »

Sa mère rit en apportant le dîner sur la table. Œufs pochés et haricots blancs.

« Si seulement j'avais été assez maligne pour ça ! »

Elle plaisantait, sans doute. Mais tout de même, ça donnait à réfléchir. L'arrivée de Simon avait dû bouleverser sa vie. Une autre personne, un individu à part entière dont il fallait tenir compte. Un vrai bébé, en plus. Pas un simple petit sac de farine qu'on pouvait fourrer dans un sachet en plastique pour ne pas le salir sans risquer d'être accusé de meurtre. Quand avait-elle réalisé tout le souci qu'il allait lui causer ? Il lui avait sûrement fallu un bout de temps. Lui-même se souvenait encore du jour, pas si lointain, où il avait compris qu'il était une personne à part entière.

C'était le jour où il avait rencontré une dinde. Derrière le terrain de camping-caravaning où sa mère et lui passaient les vacances, il y avait une ferme. L'une des plus grosses dindes de la basse-cour était passée à travers le grillage. Mal lunée, glouglou-gloutante, elle regardait Simon d'un sale œil – de ses deux yeux même, l'un après l'autre. Elle était postée en travers de l'escalier qui conduisait aux toilettes.

Simon s'en sortit le plus simplement du monde.

« Noël ! s'écria-t-il d'un air moqueur. Miam ! Miam ! »

La dinde s'enfuit en gloussant. Mais Simon fut obligé de s'asseoir un moment sur l'escalier des toilettes. Il venait de comprendre que, le jour dc Noël, la dinde serait vraiment morte sur un plat, alors que lui (à moins d'un accident idiot, de ceux que sa mère évoquait à tout bout de champ), alors que lui, Simon, serait toujours vivant.

Et il se mit à réfléchir. Il souleva la peau sur le dos de sa main jusqu'à ce que ça fasse une petite tente, et il lâcha. La peau reprit instantanément sa place et Simon retrouva sa forme. Pour la première fois de sa vie, il fut frappé par une grande vérité : il était absolument unique. Dans toute l'histoire de l'univers, il n'avait jamais existé quelqu'un comme lui. Et il n'existerait jamais personne comme lui.

« En voilà un drôle d'endroit pour s'asseoir ! »

C'était quelqu'un qui l'enjambait pour aller aux toilettes. Mais Simon, complètement ailleurs, l'entendit à peine. Avant, il y a quelques années seulement, Simon n'était pas – il n'existait pas du tout. Et un jour, comme cette dinde, il n'existerait plus. Jamais.

« Tu ne peux pas trouver un endroit un peu moins insalubre pour t'asseoir ? »

Le même type ressortant des toilettes. Tout à ses réflexions, Simon n'y prêta pas attention. Ne venait-il pas de se découvrir, lui, Simon Martin, être vivant unique et (contrairement à la dinde) conscient de l'être ?

Dès lors, Simon s'était regardé d'un autre œil, avec beaucoup plus de respect et d'intérêt. Les vacanciers ne furent presque plus étonnés au bout d'un moment de voir le petit garçon de l'emplacement n° 25 faire d'invraisemblables contorsions, non pas comme la famille installée près des douches qui faisait du yoga, mais simplement pour regarder des parties de son corps qu'il n'avait jamais vraiment regardées : ses talons, ses coudes, son nombril, l'intérieur de ses cuisses.

« Dieu sait quelles parties de lui-même il regarde quand il est tout seul !

– Le pauvre petit, vous ne croyez pas qu'il est un peu demeuré ?

– C'est sa mère qui est à plaindre, surtout.

– Arrête, Simon ! Les gens vont croire que tu as des poux ! »

Mais ni les commérages des voisins, ni les injonctions de sa mère n'effleuraient la conscience de Simon. Il était occupé. Occupé à explorer son grand corps maigre avec une curiosité, un étonnement qu'il n'avait jamais ressentis auparavant. La seule chose qui passait dans son cerveau était cette phrase : « Ça, c'est moi. » Mais c'était plus que cela, bien plus. Même s'il était incapable de l'expliquer et même si, pendant toutes ces années, personne ne l'avait jamais interrogé à ce sujet.

Il devait poser une question à sa mère, maintenant. Tout en enlevant de sa poupée de farine le dernier poil frisé de Macpherson, il lui demanda :

« Comment j'étais ? »

Sa mère aspira un haricot perché sur le bout de son doigt.

« Quand ça ?

– Quand j'étais petit. »

Elle se pencha un peu au-dessus de la table et le regarda en plissant les yeux. Voilà, soupira-t-elle intérieurement, donnez une poupée à un garçon et il devient tout chose. Qu'est-ce que ça doit être avec les filles !

Mais c'était une question légitime et il ne l'avait pas posée depuis plusieurs années. Son fils méritait une réponse franche.

« Tu étais a-do-ra-ble, dit-elle. Délicieux à croquer, potelé comme une petite brioche, et tu avais des petits yeux ronds et brillants. Tu étais tellement mignon que dans la rue des passants s'arrêtaient et se penchaient sur ta poussette pour te parler et pour me dire que j'avais de la chance d'avoir un aussi joli bébé. Tout le monde voulait te faire des risettes. Tu étais le plus beau bébé du monde, ça c'est certain. »

Il savait qu'il allait tout gâcher en disant cela, mais ce fut plus fort que lui :

« Alors, pourquoi il est parti presque tout de suite, mon père ? »

Comme d'habitude, sa mère essaya de s'en sortir par une boutade.

« Ne sois pas injuste, Simon. Il est resté six bonnes semaines ! »

Mais elle voyait bien à son air que cette fois la plaisanterie ne prenait pas aussi bien que d'habitude. Alors elle essaya son imitation de la Vieille Sorcière.

« "Il y en a qui disent qu'il pouvait lire dans l'avenir…" »

Mais Simon ne souriait toujours pas.

Mme Martin renonça et, tout en avalant une autre bouchée, elle dévisagea son fils pour tenter d'évaluer la gravité de son malaise.

Simon posa le bébé de farine devant lui et regarda ses jolis yeux ronds. Il se sentait morose tout à coup. Admettons que son père ait été capable de connaître l'avenir. Était-ce une raison pour que Simon ne connaisse pas son passé ? Ceux qui avaient vu leur père au moins une fois pouvaient s'en faire une vague idée. Il suffisait d'enlever un peu d'embonpoint et quelques rides et d'ajouter un peu de cheveux. Mais quand on ne l'avait jamais vu…

« Pourquoi il n'y a pas une seule photo ? Je sais que vous n'avez pas eu de vrai mariage et tout ça, mais quand même, pourquoi il n'y a pas de photo ?

– Simon, on a plein de photos !

– Oui, mais pas avec lui. Il n'y en a pas une seule de lui !

– C'est parce que en général c'était lui qui les prenait.

– Tu aurais pu prendre au moins une bonne photo de lui. »

Elle jeta la petite cuillère dans le sucrier tellement fort qu'une gerbe de sucre en poudre jaillit et retomba en pluie sur la table.

« Et comment voulais-tu que je devine qu'il allait me quitter ? On ne reçoit pas toujours un préavis, tu sais ! »

Simon lui tira la langue et, après une petite pause insolente, il se mit à lécher les grains de sucre qui avaient atterri sur son poignet. Puis sur son bébé de farine.

« Ne la lèche pas, Simon ! » s'écria sa mère. Et au lieu d'ajouter : Elle est tombée dans le panier du chien, elle dit : « Tu vas lui passer tes microbes. »

Ce n'était pas très drôle. Mais le fait qu'elle se donne la peine de plaisanter mit un peu de baume au cœur de Simon. Il se rendait compte que même si elle prenait les choses à la légère quand il était question de son père, elle comprenait qu'il avait des raisons d'être tracassé par ce problème. Enfournant la dernière bouchée de haricots, il demanda, indistinctement :

« Quand est-ce que tu as réalisé, toi, que j'étais une vraie personne ? »

Il ne savait pas quelle réponse il attendait. Peut-être : « Quand tu as eu huit ans » (le jour où il avait refusé d'aller à la fête organisée par Hyacinthe Spicer). Ou bien : « Quand tu avais à peine quatre ans » (le jour où il avait semé une telle pagaille dans un magasin de chaussures que la patronne en personne était venue le gifler).

Mais ce qu'elle répondit le stupéfia.

« Oh, des semaines avant que tu viennes au monde ! Je crois que toi et moi, on ne vivait pas dans le même hémisphère. Quand j'étais debout, dans la journée, tu étais tellement calme que j'avais l'impression que tu n'étais pas là. Mais dès que j'avais posé ma tête sur l'oreiller, tu te réveillais et tu me donnais des coups de pied.

– Tu vois, je m'entraînais déjà au foot », dit-il fièrement.

Ça le fit revenir à la réalité. Il regarda la pendule. Aujourd'hui, c'était le premier entraînement de l'année. Pas question d'arriver en retard.

« Bon, il faut que j'y aille. »

Sa mère ramassa son couvert et fit glisser l'assiette de Simon sur la sienne.

« Fais attention de ne pas salir ta petite bonne femme, lui recommanda-t-elle en montrant le bébé de farine. Tâche de la mettre en lieu sûr. »

Simon prit un air horrifié.

« Je ne peux pas emmener ça au foot !

– Pas “ça”, Simon, “elle”. »

Agacé, il balaya d'un geste cette petite moquerie.

« Comment veux-tu que je l'emmène au foot ?

– Il faut que tu l'emmènes, Simon. C'est écrit dans le règlement que tu as rapporté l'autre jour. »

Simon chercha désespérément une raison de ne pas l'emmener.

« Je ne peux pas ! À part Wayne et moi, il n'y a pas un seul gars de ma classe dans l'équipe, tu sais. Quand les autres vont voir ça, ils vont hurler de rire ! Ce sera la honte !

– Tu n'as qu'à la cacher.

– Maman ! »

Elle n'avait sûrement jamais mis les pieds dans un vestiaire ! Elle ne savait pas qu'un sac de sport ne vous appartient pas vraiment. C'était un miracle si une fois dans l'année on pouvait quitter le vestiaire sans qu'un gros malin fouille dans vos affaires pour en sortir votre slip, le brandir à bout de bras comme un trophée, le renifler en faisant des grimaces, ou alors pour vous prendre votre déodorant ou déchirer votre ticket de bus.

Dans un vestiaire, un bébé de farine avait une espérance de vie de deux ou trois minutes.

Et encore.

« Il va falloir que tu me la gardes, Maman.

– Moi ?

– Juste le temps que je suis parti. »

Elle afficha son air qui signifiait : « Pas-question-Simon ».

« Pas question, Simon. Je sors moi aussi et je ne rentrerai pas avant neuf heures. Si tu crois que je vais emmener tes devoirs avec moi… »

Simon changea d'avis.

« Remarque, je peux la laisser ici. Elle sera en sûreté. Il n'y a absolument rien à craindre. Je vais enfermer Macpherson dans le salon pour ne pas qu'il joue avec, et ça ira très bien. »

Une lueur passa dans les yeux de sa mère. Une lueur d'amusement ? D'intérêt ? De malice ? Difficile à dire.

« Et l'article 5 ? »

L'article 5 ? Les mouchards ! Simon prit le règlement et relut l'article 5.

Certaines personnes (dont l'identité ne sera révélée qu'à la fin de l'expérience) auront pour tâche de vérifier que les bébés sont bien soignés et les règles ci-dessus observées. Il peut s'agir d'un parent, d'un autre élève, d'un membre du corps enseignant ou d'une personne de l'extérieur.

Des membres du corps enseignant ! Le Vieux Canasson savait que Simon jouait dans une équipe de foot. Qu'avait-il dit, le matin même en lui lançant son bébé de farine ? « Vous êtes l'un de nos grands sportifs, non ? » Si ça se trouve, il avait décidé d'aller fouiner dans les vestiaires pour voir si Simon et Wayne avaient bien emmené leurs bébés avec eux.

Et *un autre élève*. Peut-être avait-il donné l'ordre à quelqu'un de les espionner tous les deux ? Peut-être Jimmy Holdcroft avait-il été secrètement désigné comme mouchard ? Faux-jeton comme il était, il n'aurait pas de mal à cafter.

Et *une personne de l'extérieur*... La voisine, Mme Spicer, était toujours en train de lorgner derrière ses rideaux. C'était une espionne-née.

Elle serait ravie de conspirer avec l'ennemi. C'était parfaitement dans ses habitudes.

Non. Finalement, on ne pouvait se fier à personne. Même pas à sa propre mère...

Ses yeux retombèrent sur le règlement. *Il peut s'agir d'un parent.*

Lentement, prudemment, il se retourna pour la regarder. Elle avait toujours la même lueur dans le regard !

Oh non. Pas sa mère, quand même. C'était ridicule.

Quoique...

Ils feraient n'importe quoi, les parents, s'ils pensent que c'est pour votre bien, ou pour votre gouverne. De ce point de vue, sa mère n'avait aucun scrupule. Il savait par expérience qu'elle était capable du pire pour lui. Au fil des années, elle avait tout essayé pour qu'il ait de meilleurs résultats à l'école. Les menaces. Le chantage. Même les punitions. Elle l'avait harcelé. Elle l'avait sermonné. Elle l'avait supplié. Parfois elle avait même pleuré. (Ça, c'était pire que tout.) L'espionnage serait un jeu d'enfant pour une mère comme elle. Ça ne lui coûterait pas le moindre effort.

Non, décidément, il ne pouvait pas lui faire confiance. Impossible.

En soupirant, Simon prit son bébé de farine sur la table et l'enveloppa soigneusement dans sa serviette de bain des Sources thermales de Tottenham, en ne laissant voir que ses yeux.

« Bon, lui dit-il. On y va. Ton premier entraînement de foot. J'espère que je n'aurai pas à te rappeler que tu dois bien te tenir. Je t'expliquerai les règles en route. »

Mme Martin se mit à la fenêtre pour regarder son fils descendre l'allée en expliquant les règles du football à un petit sac de farine coiffé d'un bonnet et enveloppé dans une serviette des Sources de Tottenham. Elle s'aperçut qu'elle n'était pas la seule à regarder. Les rideaux de la voisine venaient de bouger. Mme Spicer aussi l'observait.

Et Simon s'en aperçut. En se retournant, arrivé à la grille, il vit les rideaux de velours vieil or bouger légèrement alors qu'il n'y avait pas un souffle d'air. Il interrompit son explication sur la différence entre un coup franc indirect et un corner et, se penchant à l'oreille de son bébé de farine – un des coins du sac –, il chuchota :

« Ici, on ne peut se fier à personne, tu sais. »

Chapitre 4

Dribble… Dribble… Dribble… Dribble…

Les hurlements de M. Fuller s'adressaient à Simon, à l'autre bout du terrain de football.

« Ne shoote pas, je te dis ! Caresse-la. »

Simon en était à son troisième et dernier tour. Il avait vraiment eu de la chance. L'année précédente, tous ceux qui arrivaient en retard devaient faire cinquante pompes. En comparaison, faire trois fois le tour du terrain en dribblant c'était du tout cuit. Fuller devenait moins sévère en vieillissant.

Dribble…

« Tu as les oreilles bouchées, ou quoi ? On ne te demande pas de t'entraîner à tirer des buts ! Caresse-la, ta balle ! Doucement. Retiens-la. Je veux voir l'élastique qui la retient à ton pied. »

Ce n'était pas de sa faute s'il était arrivé en retard. C'était à cause de Wayne qui l'avait obligé à fouiller dans les pupitres de toutes les salles de classe pour trouver ce flacon de Tipp-Ex…

Mais, en tout cas, ils s'étaient bien amusés. Simon aurait bien aimé être au vestiaire avec les autres pour voir la tête de Froggie quand il avait pris sa boîte de talc et qu'il avait lu :

« Élimine les champions. »

L'idée de faire cette farce à Froggie était de Wayne. Mais c'était Simon qui avait eu celle de faire disparaître le g et le n après le i de « champignons ». Il n'était pas tout à fait sûr de l'orthographe de « champion », mais il avait écouté son intuition. Et souvent l'intuition a du bon. Il se souvenait du jour où Mlle Arnott l'avait puni parce qu'il chahutait pendant le cours d'anglais. Elle l'avait fait venir à son bureau, l'obligeant à rester debout à côté d'elle. Elle était en train de corriger une rédaction de Gwyn Phillips : « Mes vacances d'été ». Elle marmonnait dans sa barbe. Puis brusquement elle éleva la voix et s'écria, furieuse :

« Qu'est-ce que c'est que cette idiotie, Gwyn : *Tous les Italiens sont crétins et sournois* ? »

Gwyn Phillips était déconcerté. Comment pouvait-il le savoir ? Il n'était pas parti en vacances. Il avait tout copié sur Bill Simmons, sans réfléchir. Mais Simon, regardant par-dessus l'épaule superbement bronzée de Mlle Arnott, avait eu une soudaine inspiration.

« Je crois qu'il a écrit : *Tous les Italiens sont sereins et courtois*, Mademoiselle. »

Grandiose. But ! Il avait gagné un éclat du charmant sourire de Mlle Arnott et était retourné à sa place, tout auréolé de sa gloire, sous un tonnerre d'applaudissements.

Oui, il était bon parfois de suivre son intuition. Malheureusement, ce soir-là, Wayne et lui avaient mis beaucoup trop de temps à effacer ces deux lettres. Et Wayne, en plus, s'amusait à marcher dans les couloirs en imitant Quasimodo, ce qui les avait considérablement ralentis. Mais là où il avait vraiment pris du retard – ce qui avait valu à Simon ses trois tours de dribbling –, c'était en cherchant un endroit sûr où laisser les bébés de farine.

Wayne voulait les coincer derrière le réservoir d'une chasse d'eau.

« Ici personne ne les verra, avait-il affirmé, perché sur le mur mitoyen de deux toilettes. Envoie-les-moi, Simon. »

Simon sortit furtivement le bébé de Wayne, qui était enroulé dans une chemise, et le lui passa. Wayne allait le fourrer entre les tuyaux, lorsque Simon lui demanda :

« Dis donc, t'es sûr que c'est propre, là-derrière ? »

Wayne baissa la tête, regardant Simon en clignant des paupières comme une chouette éblouie par une torche.

« Propre ?

– Oui. Les tuyaux, ils sont propres ?

– T'es malade, Simon ? »

Mais déjà Simon était monté sur le siège des toilettes et se hissait sur le mur près de Wayne. Il passa son doigt le long du tuyau du bas.

« C'est plein de poussière, il faut essuyer ça.

– Sim ! Tu ne vas pas faire des manières ! On est déjà en retard.

– Il y en a pour une minute. »

Simon redescendit du mur et s'accroupit sous le lavabo le plus proche à la recherche d'une serpillière.

« Sim…

– Attends, Wayne. Il doit bien y avoir une serpillière quelque part.

– Simon ! Passe-moi mon poupon tout de suite !

– C'est quand même incroyable ! Dix W.-C., dix lavabos et pas une serpillière. Je ne fais pas de manières, mais tu ne crois pas que…

– Ça suffit, Sim ! »

Wayne descendit, ramassa son bébé de farine,

regrimpa en vitesse et le coinça fermement derrière les tuyaux.

« Il va être tout sale, Wayne. »

Wayne n'écoutait pas. Il essuya ses mains noires de poussière sur son survêtement et se dirigea vers la porte.

« Salut, Sim ! Et... bon courage pour les pompes ! »

Simon sortit son bébé de farine de son sac de sport.

« Viens, ma chérie, lui dit-il. On va dehors, ça sentira moins mauvais. Je vais te trouver un petit coin où tu pourras rester assise au grand air. »

Il choisit un buisson à quelques mètres derrière le filet de but qui était encore au soleil. Il enfonça la poupée de farine entre les branches, en espérant que les autres, qui avaient déjà commencé l'échauffement sur le terrain, la prendraient, de loin, pour un tas de serviettes-éponges. Manque de chance, M. Fuller l'avait vu. Debout sur la ligne de touche, les bras croisés, il l'observait. Mais Simon prit le temps de bien enfoncer son bébé de farine dans le bosquet. Il se moquait pas mal de M. Fuller. L'essentiel était que les mouchards ne puissent pas le prendre en défaut. Le bébé était là, bien en vue, dans un endroit sûr et propre. M. Fuller lui infligerait peut-être la punition des cinquante pompes à cause de son retard, mais ça valait mieux que d'être exclu du projet des bébés de farine et de manquer la Grande Explosion.

Parce que ce serait quelque chose, la Grande Explosion ! Il en était sûr. Une ou deux fois depuis que M. Canson avait distribué les bébés de farine, Simon avait eu des doutes. Il craignait d'avoir mal compris la conversation dans la salle des professeurs ou d'en avoir manqué une partie. Et même si ce n'était pas le cas, une question restait sans réponse. Est-ce que ça valait le coup ? Simon ne menait jamais aucun projet au bout. Même le temps d'un cours. Alors trois semaines... Il y avait de quoi se demander si l'explosion que M. Canson prévoyait de leur offrir valait vraiment la peine qu'il passe vingt et un jours de son existence à trimbaler ce bébé de farine en faisant attention de ne pas le salir.

Oui. Oui, le jeu en valait la chandelle, c'était certain. Il l'avait entendu de la bouche même de l'expert, le professeur Feltham. En courant pour rejoindre le reste de l'équipe, Simon trouva le courage d'affronter la mine sévère de M. Fuller en se remémorant ce qui s'était passé l'après-midi même dans le couloir de l'école. Il se le repassa en mémoire comme on se repasse en vidéo les extraits d'un film qu'on aime bien. M. Canson était assis sur le radiateur, dans le couloir, près de la porte de sa salle de classe, apparemment plongé dans la contemplation des lacets de ses chaussures. On aurait dit une récréation particulière : le professeur flânant dans le couloir, ses élèves faisant le chahut dans la classe. Mais tous ceux qui, comme Simon, arrivaient souvent en retard au cours de Mlle Arnott l'année précédente, connaissaient parfaitement cette mise en scène. M. Canson n'était pas en train de se reposer. Il écoutait. Il était prêt à bondir. Il prenait quelques minutes pour choisir sa victime, pour décider auquel de ces voyous il aurait le plus de plaisir à donner une punition.

Simon connaissait le scénario. D'un moment à l'autre, M. Canson allait détacher son énorme carcasse du radiateur, se glisser jusqu'à la porte, prendre son souffle et hurler le nom de sa victime avec une telle voix de stentor que, dans la salle voisine, la pauvre Mlle Arnott manquerait de tomber de sa chaise en sursautant.

Simon s'arrêta à l'angle du couloir et attendit. Il se disait que le Vieux Canasson avait intérêt à distribuer le moins de punitions possible. M. Canson était comme lui, il n'aimait pas tellement la lecture. Simon n'avait pas intérêt à se montrer maintenant, sinon il ferait une proie toute trouvée pour M. Canson. Il préférait attendre qu'une autre victime soit désignée pour courir à toutes jambes vers la salle de classe et regagner sa place, pendant que le malheureux élu protesterait : « Moi ? Moi, Monsieur ! Pourquoi moi ? C'est pas juste ! »

Ça valait le coup d'essayer, en tout cas.

En attendant, Simon se mit à faire les cent pas de son côté du couloir. Et c'est ainsi qu'il vit le professeur Feltham et sa cohorte de volontaires (des lèche-bottes, pensait Simon) tourner le coin du couloir. Ils avaient tous les bras chargés de ce matériel complexe et si peu commode à transporter dont le professeur Feltham ne pouvait apparemment pas se passer pendant un seul cours, dans les semaines qui précédaient sa grande Kermesse scientifique.

Simon se plia en deux, comme s'il était pris d'une soudaine quinte de toux. Feltham et sa suite passèrent devant lui sans s'arrêter. Et Simon arrêta de tousser juste à temps pour entendre la remarque que fit le professeur Feltham en passant devant son collègue, toujours affalé sur le radiateur.

« Eh bien Éric, on dirait que vous commencez l'année de façon explosive ! »

M. Canson lança au professeur Feltham un de ses regards au vitriol, mais maintenant Simon n'avait plus aucun doute, plus aucun souci à se faire. Le professeur Feltham était célèbre pour ses extraordinaires déflagrations. Ses explosions de boîtes de lait en poudre faisaient des envieux. Si quelqu'un ayant de tels pouvoirs était capable d'admirer à l'avance les performances de M. Canson en matière d'explosion, c'est que la question était réglée une fois pour toutes. L'expérience serait sensationnelle.

Et maintenant, alors qu'il poussait le ballon dans le cercle d'envoi pour le passer à Wayne, il souriait à nouveau aux anges. C'était un peu, pensait-il, comme une de ces promesses que Dieu faisait aux gens avec lesquels il se disputait dans l'Ancien Testament... une alliance ! Ils avaient fait tout un exposé là-dessus en première année. Les arcs-en-ciel, les inondations, les bébés morts – et toutes ces choses-là. Eh bien, le fait que le professeur Feltham soit passé dans le couloir et ait dit ça juste au moment où Simon était là, c'était aussi une sorte d'alliance en soi. Une entente secrète entre l'explosion et Simon...

M. Fuller apparut comme par enchantement derrière son bras gauche.

« On a des œillères, aujourd'hui, hein ? commença-t-il sur le ton de la plaisanterie lorsque Simon, surpris, manqua la passe suivante. Et on a oublié sa montre, à ce que je vois ! »

Inutile de répondre quoi que ce soit, pensa Simon. Cela inciterait M. Fuller à faire une réflexion sur sa nouvelle manie de laisser traîner ses sous-vêtements dans les espaces verts. Et ce serait le bébé de farine qui prendrait.

Simon prit un air penaud et gratta le sol du bout de son pied. À ce moment-là, Froggie Hines et Saul Epstein eurent la bonne idée d'entrer en collision et roulèrent, enlacés par terre.

M. Fuller annonça la punition en partant.

« Trois tours complets à la fin de l'entraînement, s'il te plaît. Et en caressant la balle, pas en shootant dedans ! »

Il s'adressa aux deux autres de sa voix de corne de brume.

« Hines ! Sors ton orteil de son oreille ! Allons, debout ! Va me chercher ce ballon ! »

Simon profita de ce que les circonstances étaient favorables pour sortir du terrain. Il avait échappé aux pompes. Et le reste de l'entraînement se passa plutôt bien, mis à part deux interruptions, une quand Fruzzy Woods se fit incendier parce qu'il faisait des signes à sa petite amie Lucinda par-dessus la haie, l'autre, quelques minutes plus tard, quand M. Fuller, apercevant à nouveau Lucinda, interrompit la rentrée du ballon pour lui passer un savon.

Trois tours de dribbling après que tous les autres étaient repartis au vestiaire, ça n'aurait pas dû être si terrible que ça. Évidemment, Simon allait manquer une bonne partie de rigolade : la stupéfaction de Froggie quand il prendrait sa boîte de talc pour les pieds et que Wayne le pousserait à lire ce qu'il y avait écrit dessus. Simon voyait d'ici la tête qu'il ferait. Et de toute façon, Wayne lui raconterait la scène en détail. Alors pourquoi bâclait-il autant ce tour de terrain ? Pourquoi n'arrivait-il pas à contrôler ses pieds ?

Dribble…

« Tu n'as vraiment pas la tête à ce que tu fais ! Pourquoi tu la maltraites comme ça, ta balle ! Je t'ai dit de la caresser, comme un bébé ! »

Entendre M. Fuller parler de bébé n'arrangea pas les choses. Décontenancé, Simon se retourna pour jeter un coup d'œil vers le buisson devant lequel il venait de passer. Était-ce bien celui-là ?

Son bébé de farine était-il toujours en sûreté entre les branches, ou bien les autres l'avaient-ils vu en quittant le terrain ? Wayne l'avait peut-être trahi ! Est-ce qu'elle était toujours là, enveloppée dans sa serviette, heureuse comme un coq en pâte, ou bien l'avaient-ils dénichée ? Peut-être étaient-ils en train de s'amuser comme des fous dans les vestiaires en jouant avec elle comme avec un ballon de foot ?

Ce serait Froggie qui shooterait le plus fort. Elle serait réduite en bouillie !

Tout à ses interrogations, Simon laissa échapper le ballon.

Le hurlement lui arriva de l'autre bout du terrain comme une réplique au théâtre.

« Tu fais le malin, Simon Martin, mais tu sais, moi je ne trouve pas ça drôle du tout ! »

Il faillit manquer le ballon encore une fois. Il n'y comprenait rien. Ce n'étaient pas de vrais shoots qu'on lui demandait. C'était du dribbling. Et il était incapable de se concentrer. Comment pouvait-on commander à ses pieds d'aller dans la bonne direction quand on avait la tête encombrée d'images horribles de ce qui pourrait arriver à votre bébé de farine ? Si M. Fuller ne l'avait pas observé aussi attentivement, il aurait pu tournoyer sur lui-même et faire quelques petits sauts pour regarder carrément vers le buisson. Le bébé de farine devait toujours être là, bien emmailloté, en sûreté. Mais tant qu'il n'en serait pas certain, il ne pourrait pas se concentrer.

Ne voulant pas attirer davantage la colère de M. Fuller, Simon renonça à se retourner. Il continua à regarder droit devant et à courir, tandis que dans sa tête les visions d'horreur se succédaient comme des photos. Son bébé de farine flottant sur le ventre dans un lavabo crasseux, puis sombrant lentement à mesure que l'eau pénétrait à travers la mince enveloppe de toile ! Froggie, pour se venger de ce qu'ils avaient fait sur sa boîte de talc, empruntant un stylo feutre pour dessiner sur la figure de son bébé de farine quelques ornements : un nez, un sourire imbécile et, pire encore, des oreilles en chou-fleur ! Et le plus désastreux de tout : elle, gisant misérablement sur le sol du vestiaire et Jimmy Holdcroft prenant son élan pour faire la démonstration d'un de ses shoots spectaculaires.

Simon se rua en avant en se demandant si c'étaient toutes ces pensées épouvantables qui passaient par la tête des gens chaque fois qu'ils laissaient leur bébé dans sa poussette devant un magasin. Dans ce cas, il ne fallait pas s'étonner s'ils avaient toujours l'air angoissé, poussant et jouant des coudes pour ressortir au plus vite. Il ne fallait pas s'étonner s'ils vous bousculaient dans les Escalator et à l'entrée des magasins pour passer avec leurs poussettes dans des endroits où, de toute évidence, ils ne pouvaient pas passer.

Son pied manqua encore la balle.

« Bravo, Simon Martin ! Continue comme ça et tu auras droit à tes pompes ! »

Encore dix mètres jusqu'au coin. Et là, enfin, il pourrait tourner la tête et jeter un coup d'œil vers le buisson. Il venait en tout cas d'apprendre une chose : il n'y avait rien de plus ridicule que de vouloir jouer au foot tout en surveillant un bébé de farine. On ne peut pas faire deux choses à la fois. Ils n'arrêtaient pas de répéter ça. « Vous ne pouvez pas vous concentrer sur votre travail en regardant ce qui se passe dehors ! » Et : « Personne ne peut parler et écouter en même temps. On ne peut pas être à la ville et aux champs. » Ils passaient leur temps à rabâcher ça, à tout propos.

Sa mère aussi. « Simon, tu ne peux pas faire tes devoirs correctement avec cette radio qui braille. » Ou encore : « Ou tu fais griller du pain ou tu joues avec le chien, c'est l'un ou l'autre. Tu as déjà fait brûler quatre tartines ! » Elle savait bien qu'il ne pouvait pas faire deux choses à la fois. Tout ça ne serait pas arrivé si elle avait bien voulu lui garder son bébé de farine. Elle l'avait élevé toute seule, elle connaissait bien le problème. Elle devait bien se douter que son entraînement de football tournerait à la catastrophe. Avait-elle oublié les soirs où elle l'emmenait au club de badminton ? Lui n'avait pas oublié. C'était un supplice. Chaque fois, il s'écorchait l'arrière des jambes sur ces épouvantables fauteuils en plastique pour pouvoir se pencher le plus possible par-dessus le deuxième balcon et crier :

« On rentre à la maison, maintenant ? »

Chaque fois la même réponse lui parvenait depuis le court :

« Un peu de patience, Simon, on a presque fini. »

Il se rasseyait pour ce qui lui semblait une éternité, où il s'ennuyait mortellement, puis il recommençait :

« Je peux partir devant, Maman ?

– Simon, je t'en prie ! Ce ne sera plus très long. C'est la dernière partie. »

C'était peut-être la dernière partie, mais dès qu'elle était finie, Sue, la partenaire de sa mère, faisait comme si la détresse et l'impatience de Simon comptaient parmi les choses qu'il valait mieux ignorer, comme la pluie ou les moustiques, et elle entraînait sa mère vers le bar du club pour « boire un verre vite fait ». S'il avait le malheur d'ouvrir la bouche pour se plaindre, Simon était aussitôt remis à sa place, avec son Coca-Cola.

« Simon, je t'en prie ! C'était un match acharné et je meurs de soif. On en a pour deux minutes. Alors un peu de patience, s'il te plaît. »

Il s'installait dans un autre box, aspirant d'un air boudeur les bulles de son Coca avec une paille, tandis que Sue déblatérait : « Son mari… » « Tu sais que mon père… » « Sa fille… » « Leurs voisins… » Ses yeux faisaient le tour du bar du club pour la dix-neuvième fois. Pas un enfant de son âge. Personne à regarder jouer avec les machines de jeux vidéo. Personne avec qui faire les fous dans les toilettes.

Il se penchait par-dessus la cloison qui séparait les deux box :

« Pourquoi je peux pas rentrer à la maison tout seul ?

– Bientôt tu pourras, mon chéri. Pour l'instant tu es encore trop petit.

– Tu pourrais prendre une baby-sitter.

– Simon ! C'est une heure par semaine ! Et tu sais que c'est pratiquement le seul moment de la semaine où je peux sortir. Alors arrête tes jérémiades ! »

Et un jour il avait eu neuf ou dix ans. Elle n'avait plus à le surveiller. Il ne risquait pas de tomber d'un buisson ou d'être couvert de boue ou d'être kidnappé et mis en pièces dans les vestiaires…

Il venait de passer le dernier coin ! Il imaginait le pire.

Était-ce bien le bébé de farine toujours caché dans le bosquet ? La serviette-éponge était-elle toujours aussi volumineuse que tout à l'heure ? Ou bien… ?

Le ballon roula encore une fois entre ses jambes sans qu'il le touche.

« Je te préviens, Martin, si tu fais encore un mètre sans toucher la balle, tu peux te préparer à tes cinquante pompes ! »

En vérité, une seule personne, ce n'était pas assez pour un pareil travail. Pour surveiller un bébé de farine, il fallait être deux. Un remplaçant. Un suppléant. Quelqu'un qui n'avait rien de particulier à faire le soir. Sa mère elle-même le disait souvent quand elle ne trouvait pas de baby-sitter ou qu'ils ne pouvaient pas s'en payer une. Évidemment, tout aurait été plus simple s'ils avaient été deux. Pourtant, curieusement, il ne se rappelait pas avoir entendu sa mère souhaiter une seule fois que son père revienne (à part le soir où, debout au pied de son lit, elle avait dit assez amèrement : « Eh bien, mon bonhomme, dommage que ton père ne soit pas là pour te garder… »)

Mais à lui, il lui avait manqué. Pas personnellement, non, quelqu'un qu'on n'a pas connu et dont on n'a qu'une image floue ne peut pas vous manquer. La personne qui manquait à Simon, c'était quelqu'un qu'il avait imaginé. Cheveux bruns et frisés, comme sur les quelques malheureuses photos qu'il avait trouvées au fond des tiroirs. Avec une superbe voix de chanteur d'opéra, comme Mamie elle-même l'admettait. « Un remarquable ténor. Quand il chantait, la maison tremblait de la cave au grenier. » Mais les yeux bleus bordés de petites rides, les mains fortes, le sourire moqueur et l'habileté pour viser et pour rattraper, c'était Simon qui les avait inventés. Petit, il avait passé des heures à imaginer le jour où son père reviendrait. Il aurait changé d'avis. Il arriverait sans prévenir et Maman et lui essaieraient de revivre ensemble. Et cette fois ça marcherait. Il accepterait de rester. L'après-midi, quand il revenait en flânant de l'école primaire de Wilberforce Road, Simon laissait son imagination vagabonder. Son père serait à la grille, les bras grands ouverts. Il crierait à Simon de se dépêcher. Et Simon courrait à en faire trembler les pavés sous ses pieds et enfin il passerait devant la dernière maison et se jetterait dans ces bras puissants.

À trois mètres du coin de la rue, Simon ralentissait le pas pour faire durer un peu son rêve. Puis, de la même façon qu'il l'avait invoqué, il chassait son père de son esprit. Il le faisait disparaître avant de s'engager dans sa rue. C'était un truc qu'il avait appris pour empêcher le désappointement de monter, comme des larmes, et de gâcher son plaisir de rentrer à la maison.

Pourtant, une fois, il avait pleuré. Il n'avait pas pu se retenir. Il était très jeune – six ans, vous pensez ! À six ans, on pleure tout le temps. Il avait le premier rôle dans la crèche vivante : Joseph, le charpentier. Il avait appris son texte par cœur et portait un grand manteau rouge écarlate dont la traîne était tellement longue que Mlle Ness n'arrêtait pas de dire qu'elle allait peut-être le lui reprendre pour le donner à un des trois Rois mages. Chaque fois qu'il se drapait dedans, il entendait sonner des trompettes. Il attendit impatiemment le grand jour.

Et sa mère n'était pas venue. Il s'en doutait, parce que, lorsqu'elle avait demandé à Mme Spicer d'accompagner Simon à l'école ce matin-là, elle tenait à peine debout, elle toussait affreusement et ses yeux étaient tout larmoyants. Mais pendant la matinée, il s'était persuadé qu'elle viendrait quand même, malade ou pas, et, le moment venu, quand Mlle Ness le poussa sur la scène, tout de suite, il chercha désespérément son visage dans l'assistance.

« Si j'arrive à venir, je serai juste à côté de la porte », lui avait-elle promis.

Et, près de la porte, il y avait Sue. Curieusement, il n'avait jamais réalisé jusqu'à ce jour que pour appeler Sue à la dernière minute, sa mère s'était sans doute péniblement traînée jusqu'au rez-de-chaussée. Et Sue avait dû tout laisser en plan – elle avait pris un après-midi à son travail et traversé la ville à toute allure – pour aller s'asseoir là où Maman le lui avait dit, à côté de la porte, et essayer d'être quelqu'un d'aussi important pour Simon.

Mais ce n'était pas pareil. Et pendant une très courte pause entre deux scènes, Mlle Ness, tout occupée à arranger l'énorme étoile en papier d'aluminium de Hyacinthe, avait commis une étourderie :

« Ce n'est pas si grave que ça, lui dit-elle. Ton père est là ? »

Au moment où les mots franchissaient ses lèvres, elle comprit qu'elle avait fait une énorme gaffe. Mais trop tard. Il était en larmes. Elle le prit sur ses genoux et lui donna des petites tapes dans le dos. Mais en vain. Le flot de larmes ne s'arrêtait pas. Et le temps passait. L'entracte ne pouvait pas s'éterniser. Simon dut la laisser ôter les épingles de son magnifique manteau rouge et le passer à Hamid, qui se vantait depuis le premier jour de connaître les textes de tous les autres.

Dribble…

Il donna un coup de pied rageur dans le ballon.

« Tiens, Papa, dit-il en haletant. Ça t'apprendra à ne pas avoir été là. »

Il frappa encore plus fort.

« Jamais ! »

Dribble… Dribble…

Il entendait M. Fuller tempêter derrière lui, mais ses hurlements le laissaient indifférent.

Dribble… Dribble….

« Ça suffit, Simon Martin ! J'en ai assez. »

Dribble !

Dans la dernière ligne droite, Simon prit son élan et donna un tel coup de pied dans le ballon qu'il le vit s'envoler au-dessus du toit des vestiaires.

« Et celui-là c'est pour toi, Papa, hurla-t-il. Merci pour tout ce que t'as fait pour moi ! »

Il comprit après qu'il était bien content d'avoir été puni. Après tout, il était assez en forme pour faire encore cinquante pompes après son entraînement. Cet effort supplémentaire atténuait même sa peine. Mieux encore, il lui prenait du temps. Pas plus de deux ou trois minutes, même en les faisant très soigneusement. Mais c'était exactement le temps qu'il fallait à cette lueur de rage pour disparaître de ses yeux.

Chapitre 5

« C'est vraiment ce genre de choses que vous attendiez ? »

Le professeur Feltham était tombé dans une embuscade à la sortie des toilettes du personnel. Il feuilleta les copies que M. Canson venait de lui fourrer entre les mains.

« Allez-y, insista M. Canson, prenez-en une et lisez-la. »

Le professeur Feltham regarda, perplexe, le nom gribouillé en haut de la feuille crasseuse.

« Simon Martin ? C'est un des miens ?

– Non, coupa M. Canson. Celui que vous avez s'appelle Martin Simon. Vous devez le connaître : il réussit ses examens, il lit, du Shakespeare – vous voyez. Celui-là, c'est Simon Martin. Il est dans ma classe. Il passe la moitié de son temps à faire les quatre cents coups dans les toilettes et l'autre à marcher en traînant les pieds et en se faisant passer pour le roi des imbéciles. »

Le professeur Feltham ne put s'empêcher de reprocher à son collègue son langage trop familier.

« Vous voulez dire, je suppose, Éric, qu'il n'utilise pas encore à fond ses capacités scolaires ?

– C'est ce que je vous dis, insista M. Canson. Il se fait passer pour un débile. »

À moins d'un mètre de là, derrière la porte des toilettes des garçons, Simon Martin s'accroupit lentement et enfouit sa tête dans ses mains lorsque le professeur Feltham, franchissant vaillamment le double obstacle de l'écriture en pattes de mouche et des épouvantables fautes d'orthographe, commença à lire à haute voix la première page de son journal sur le bébé de farine.

1er jour

Je trouve que l'idée de trimbaler un bébé de farine est complètement stupide. Ça ne pleure même pas, ça ne mange pas et ça ne salit pas de couches.

Pourtant, le mien m'a fait suer toute la journée.

J'ai trouvé que ma mère était vraiment vache de pas vouloir le garder pour deux petites heures de rien du tout pendant que j'allais au foot. Après tout, elle a l'habitude de s'occuper des autres. Elle s'est occupée de moi pendant 122 650 heures, si la calculatrice de Foster marche bien. Et apparemment j'étais plutôt bruyant, je mangeais beaucoup et je faisais tout le temps dans ma culotte. C'est peut-être pour ça que mon père n'a pas pu rester plus de 1 008 heures. Foster dit qu'il est donc 121,676 fois plus vache que Maman, mais, à mon avis, il a appuyé sur les mauvaises touches.

La réaction du professeur Feltham se fit attendre, mais elle fut encore plus surprenante pour Simon que pour M. Canson.

« Mais c'est superbe, Éric ! Absolument superbe ! Vous rendez-vous compte de ce que ce garçon a déjà appris ? Dès le premier jour, il a compris que même lorsqu'on est libéré des trois principaux inconvénients que présente le fait d'élever des enfants, les responsabilités n'en sont pas moins énormes. Il a fait quelques découvertes concernant sa petite enfance. Et il s'est même lancé dans des calculs arithmétiques assez compliqués en travaillant en tandem avec ce Foster. »

Derrière la porte, Simon leva la tête et regarda le mur d'un air profondément étonné. Avait-il bien entendu ? Était-ce bien un compliment ?

Dehors, le professeur Feltham passa à la deuxième page écrite par Simon :

2e jour

Aujourd'hui Macpherson a regardé mon bébé d'un

drôle d'œil et puis il l'a attrapé, il l'a emporté au fond du jardin et il lui a mordillé un peu le derrière. Maman dit que j'ai de la chance que notre chien ait une bave aussi propre et que presque tout soit parti.

Si un jour j'ai un vrai bébé, je ferai attention à ce qu'on lui fasse bien tous ses vaccins contre la rage.

Maintenant, je surveille Macpherson de près.

Le professeur Feltham agita la feuille en l'air.

« Vous voyez ? croassa-t-il au nez de M. Canson. Vous voyez, Éric ? Le deuxième jour il apprend à connaître la capacité de souillure des excrétions salivaires canines sur les matériaux naturels tissés...

– Les dégâts de la bave sur un sac de toile ! »

Emporté par son enthousiasme, le professeur Feltham ne releva pas le ton profondément méprisant que venait de prendre M. Canson.

« Exactement ! approuva-t-il. Et en plus de cela, il a commencé à réfléchir sur l'importance cruciale des premières vaccinations infantiles. (Il frappa la feuille de son index.) En outre, Éric, il semble que ce garçon se soit déjà donné la peine d'étudier les premiers symptômes de la rage. Sinon, comment saurait-il ce qu'il doit surveiller chez ce Macpherson ? »

Derrière la porte, l'expression de Simon était passée de l'ahurissement à la fierté. C'était tellement rare qu'on dise du bien de son travail ! En fait, maintenant qu'il y pensait, il ne se souvenait pas que ça lui soit arrivé une seule fois. Il aurait dû rester dans la classe du professeur Feltham. Là, au moins, on l'aurait peut-être apprécié à sa juste valeur. Quel dommage que ce chiadeur (c'est ainsi qu'il appelait les bons élèves) de Martin Simon soit venu prendre sa place dès le premier jour. Qu'est-ce que ça pouvait bien faire, le sens dans lequel on écrivait votre nom ? Martin Simon, Simon Martin, quelle différence ?

Regonflé par cette assurance, Simon se balançait sur ses talons en savourant son attente, tandis que le professeur Feltham fouillait parmi les feuilles volantes pour trouver la troisième page de son journal.

3e jour

Aujourd'hui Hooper m'a piqué mon bébé de farine pour aller se balader avec, alors je l'ai traité de tous les noms et j'ai piétiné ses sandwichs. M. Canson est arrivé à ce moment-là. Il a sauvé mon bébé de farine du désastre et il nous a punis tous les deux.

Pas moi et mon bébé de farine, moi et Hooper.

Derrière la porte, Simon baissa les yeux vers le sol carrelé. Pour la première fois de sa vie, il regrettait de n'avoir pas fait un tout petit effort de plus. Il avait l'impression d'avoir laissé tomber le professeur Feltham. Et c'est avec une pointe de honte qu'il entendit sa réaction, dont le ton trahissait sa déception :

« Il faut reconnaître qu'il en a appris beaucoup moins hier. Mais ne vous en faites pas, Éric. Contentons-nous d'espérer que ce garçon fera le meilleur usage possible de sa punition. »

Le bruit de ses pas s'atténua au bout du couloir, ponctué par les bougonnements rageurs de M. Canson, qui prenait la direction opposée. Simon sortit de sa cachette. Il vit la pile de comptes rendus sur les bébés de farine abandonnée sur le radiateur. Ne voulant pas aller directement dans la salle d'étude pour ne pas mettre en danger sa réputation en arrivant à l'heure, Simon s'adossa au mur et feuilleta la pile de copies.

Il trouva que celle de Sajid était la plus facile à lire parce qu'il avait déjà entendu son histoire plusieurs fois dans le vestiaire. Ce serait un bon début.

3ᵉ jour

Aujourd'hui j'ai pris l'autobus avec mon bébé de fa-

rine. Je l'avais coincé sous mon bras, pour ne pas qu'il gêne, mais voilà qu'une vieille chouette s'en est mêlée et m'a forcé à m'asseoir et à le prendre sur mes genoux. Tout le long du chemin jusqu'à Foleshill Road, elle n'a pas arrêté de le gronder et de lui donner des tapes. Je me suis dit qu'elle était un peu timbrée. Mais quand le bus s'est arrêté au Centre de soins pour les yeux, elle est descendue.

J'espère que je n'aurai jamais une aussi mauvaise vue.

Le suivant était celui de Russ Mould. Simon essaya de déchiffrer les premiers mots, mais ils lui parurent encore plus compliqués que ceux qu'on proposait dans les magazines de mots croisés avec comme consigne : « Remettez ces lettres dans l'ordre et trouvez les noms de cinq légumes. » Sa mère s'entêtait à lui acheter ce genre de journaux quand ils prenaient le car pour aller chez sa grand-mère.

Il finit par renoncer et prit la feuille de Rick Tullis. Étonnamment facile à lire, peut-être parce que Tullis utilisait un peu les mêmes combines que lui pour l'écriture comme pour l'orthographe.

1er jour

J'avais dit que je ne viendrais pas si on faisait le truc des bébés. Et si je ne m'étais pas fait pincer dans les ma-

gasins par M. Henderson, je ne serais pas là aujourd'hui. Je ne viendrai sûrement pas demain. Ni après-demain. Ni…

Tout à coup Rick Tullis s'était rappelé que le nombre minimum de phrases par jour était trois, et il s'était arrêté là, estimant avoir fait son devoir.

Simon parcourut une deuxième fois le compte rendu court et rébarbatif de Tullis. Peut-être était-il encore sous l'effet des compliments du professeur Feltham. Peut-être ce sentiment lui vint-il spontanément. Mais en regardant le gribouillage minable et mesquin de Rick Tullis, Simon comprit pour la première fois pourquoi les professeurs avaient tant de mépris pour ceux qui en faisaient le moins possible. Il comprit pourquoi, cours après cours, on les entendait pousser des soupirs d'exaspération et de désespoir.

« Croyez-moi, George Spalder, ce n'est pas moi qui suis le plus à plaindre parce que vous ne faites pas vos devoirs à la maison. C'est vous. »

« Pour moi, Tullis, cette page blanche représente une copie de moins à emporter chez moi et à corriger. Pour vous, en revanche, elle représente une lacune de plus dans votre cerveau. »

« Je n'ai pas dit que vous en particulier deviez

le faire, Luis. Je n'ai pas l'habitude de dire : "Tout le monde doit faire ce travail, et cela vaut aussi pour Luis Pereira." »

Tout à coup, Simon eut une sorte d'illumination. Il s'étonna de l'incroyable résistance des professeurs. De la solidité de leurs nerfs. De leur inébranlable détermination. Sans jamais faiblir, ils se battaient année après année pour inciter leurs élèves à donner le meilleur d'eux-mêmes. Et pour quels résultats ? Pour quels remerciements ? Simon était consterné en repensant aux affronts répétés que lui et tant d'autres avaient faits à ces saints hommes en leur rendant des devoirs aussi nuls. Comment avait-il pu être aussi ingrat ?

Dès cet instant, Simon jura de faire amende honorable. Il commencerait par exaucer le vœu du professeur Feltham, en faisant le meilleur usage possible du temps qu'il allait passer en colle. Il reposa résolument la pile de devoirs sur le radiateur, ramassa son cartable et s'éloigna à grands pas, sans même s'arrêter comme il le faisait habituellement pour griffonner un ou deux personnages de bande dessinée sur le mur choisi cette semaine-là comme panneau d'affichage.

Lorsqu'elle entendit la porte trembler affreusement sur ses gonds, Mlle Arnott leva les yeux. Elle ne put s'empêcher de soupirer en voyant Simon. Elle l'avait souvent eu en colle. Comme elle n'était pas au courant de sa nouvelle résolution, la seule pensée qui lui vint en le voyant fut : « Le voilà. Fini de corriger tranquillement mes copies, fini la paix. »

Elle s'adossa à sa chaise et attendit le début de la séance. Par quoi commencerait-il aujourd'hui ? Probablement par un coup de cartable sur la tête de Hooper, ne serait-ce que pour lui rappeler leur complicité dans le forfait qui les avait amenés là.

Ensuite, pour s'échauffer un peu, le numéro du crayon : on emprunte un crayon – ce qui provoque évidemment beaucoup de discussions et de remue-ménage. Puis, logique, on le taille, avant de le faire tomber ostensiblement pour pouvoir le chercher à quatre pattes par terre. On le retaille et on jette la mine cassée sur un carreau. Mlle Arnott est censée lever la tête en entendant le petit bruit, juste à temps pour assister à l'utilisation finale du crayon – comme ustensile pour tatouer la table.

À moins qu'aujourd'hui Simon n'ait choisi un de ses numéros préférés : la Langue ensanglantée. La dernière fois qu'elle avait eu Simon Martin en étude, il s'était efforcé de sucer presque toute l'encre de son stylo-plume pour avoir la langue rouge vif. Et il avait laissé cette monstruosité pendre de sa bouche pendant toute l'heure. Mlle Arnott avait eu un peu de mal à finir son sandwich, mais elle avait trouvé cela très amusant. Elle espérait secrètement qu'il lui referait ce numéro-là aujourd'hui.

Mais ce qu'elle préférait, c'était Rip le Dormeur.

Elle trouvait ça extraordinairement reposant. Simon se vautrait sur sa table en poussant quelques bâillements gargantuesques, puis il faisait semblant de tomber dans un profond sommeil qui pourrait durer cent ans. De temps en temps (quand il craignait qu'elle ne l'ait oublié), il ronflait : un ronronnement lointain qui s'amplifiait et grossissait, jusqu'à ce que chaque bouffée d'air qui sortait de sa bouche soit assez sonore pour faire trembler les carreaux des fenêtres. Au moment où elle commençait, elle, à trembler pour la structure du bâtiment, il renâclait bruyamment et faisait mine de se réveiller. Il regardait autour de lui, hagard, en faisant claquer ses lèvres comme un petit vieux. Puis il se couchait à nouveau sur sa table et recommençait toute la scène de A à Z.

Oui, elle avait une nette préférence pour Rip le Dormeur. Ce qu'elle n'aimait pas, c'était le

Simplet, un numéro qu'elle avait vu trop souvent et qui l'ennuyait. Il restait assis à sa place à faire des grimaces grotesques. Et de temps en temps il se levait d'un bond et éclatait d'un rire maniaque ou se mettait à débiter des propos sans queue ni tête. Parfois il bavait. Mlle Arnott espérait qu'il n'allait pas faire le Simplet. Mais, par précaution, elle attrapa son sac à main pour vérifier qu'elle avait bien ses cachets d'aspirine.

Elle s'arrêta net. Sous ses yeux – elle croyait rêver –, Simon Martin traversa la salle en ignorant complètement Hooper. Il prit une chaise et s'assit le plus loin possible des trois autres semeurs de troubles qu'elle surveillait, il sortit de son cartable son bébé de farine, un paquet de feuilles et un stylo et, sans faire le moindre chahut, il assit le bébé de farine devant lui sur la table, lui tapota affectueusement la tête deux ou trois fois, et se mit au travail.

Mlle Arnott cligna des yeux.

« Simon ? murmura-t-elle. Simon, ça va ?... »

Il leva la tête.

« Comment ? »

Cela sonnait presque comme un reproche, comme si elle l'avait interrompu dans une réflexion profonde.

« Je me demandais juste si vous vous sentiez bien. »

Il la regarda avec étonnement.

« Très bien, oui. Pourquoi ? »

Elle secoua la tête.

« Pour rien. »

Et vraiment elle ne voyait aucune raison de se poser cette question. Sauf qu'il n'était pas normal. Enfin, il était normal, bien sûr. Mais c'est justement ce qui clochait. Ce n'était pas normal que Simon Martin se comporte normalement.

Il était peut-être souffrant – ou fiévreux. Ou alors il était en état de choc. Peut-être venait-il d'apprendre que sa mère s'était fait renverser par un camion, ou qu'elle s'était électrocutée en changeant une prise, ou noyée dans un canal, ou...

Mlle Arnott essaya de se ressaisir et d'interrompre ce flot d'idées morbides. Un élève pouvait tout de même s'asseoir tranquillement et se mettre à écrire sans que l'un des professeurs s'imagine qu'il fallait appeler une ambulance ou que sa mère avait un pied dans la tombe !

Elle voulut se remettre à corriger ses copies, mais c'était impossible. Elle n'arrivait pas à se concentrer. Il fallait qu'elle lève constamment les yeux pour regarder Simon Martin. Que pouvait-il bien écrire avec tant d'ardeur ? Il avait l'air de noircir des pages et des pages. Elle l'avait eu dans sa classe de français pendant deux ans et durant tout ce temps elle ne l'avait jamais vu remplir plus d'une demi-page en deux trimestres. Il y avait sans doute quelque chose ou quelqu'un qui l'incitait à gratter comme un forcené. Mais quoi ?

Mlle Arnott voulait savoir. Elle se leva discrètement et fit le tour de la salle sans bruit sur ses semelles de caoutchouc pour arriver derrière lui. Elle se pencha un peu en avant pour pouvoir lire par-dessus son épaule. Avec ses deux ans d'expérience de décodage des copies de Russ Mould, Mlle Arnott n'avait plus de problèmes pour décrypter les pattes de mouche de Simon et son orthographe unique.

4ᵉ jour

Avant qu'on me force à trimbaler ce bébé de farine partout avec moi, je n'avais jamais pensé que mon père aurait pu me garder. Quand j'ai demandé à Maman, elle a dit qu'il ne se débrouillait pas si mal que ça. Il ne m'a jamais fait tomber sur la tête, ni laissé flotter sur le ventre dans la baignoire pendant qu'il allait chercher une serviette, ni rien de tout ça.

Seulement, il est parti.

J'avais déjà demandé avant pourquoi il était parti. Maman et Mamie me répondaient toujours que ça n'avait rien à voir avec moi, que ce n'était pas de ma faute et qu'il fallait bien que ça arrive un jour ou l'autre. Mais hier soir j'ai demandé à Maman comment il était parti. Elle a essayé de ruser, comme d'habitude, mais je ne l'ai pas laissée faire.

Simon s'arrêta. Il ne savait pas trop comment raconter la suite. Sa mère avait levé les yeux au ciel, comme elle faisait chaque fois qu'une conversation commençait à l'agacer.

« Combien de fois faudra-t-il que je te le dise, Simon ? Je ne sais pas pourquoi il est parti.

– Mais je ne te demande pas pourquoi, je te demande comment.

– Comment ?

– Oui. Comment ? Qu'est-ce qu'il a dit ? Qu'est-ce que tu lui as répondu ? Est-ce que vous avez eu une scène de ménage à tout casser ? Est-ce que Mamie était là ? »

Il se pencha par-dessus la table.

« Je ne te demande pas de me dire ce qu'il avait dans la tête. C'est autre chose que je te demande. »

Elle était près de capituler. Il le savait et il la poussa encore un peu.

« J'ai le droit de savoir. »

Elle avança le bras et posa sa main sur la sienne.

« Oui, oui, je sais. »

Mais elle ne dit rien de plus. Alors Simon insista encore.

« Tu as rompu avec lui, non ? Et lui, il a définitivement rompu avec nous. Il a disparu, il n'a jamais envoyé d'argent, il n'a jamais écrit. J'imagine qu'après tout ce temps, même un détective privé ne pourrait pas le retrouver. »

Il retira ses doigts de sous sa main.

« Mais moi, je n'en ai pas tout à fait fini avec lui. Tu comprends ? Il y a des choses que je rumine. Des choses que je veux savoir. Et ça, c'en est une. »

Il regarda fixement les jointures de ses doigts toutes blanches. Il était au bord des larmes.

« Maman, je t'en prie. Raconte-moi le jour où il est parti. »

Et elle lui raconta – elle lui raconta tout – jusque dans les moindres détails : ce que son père avait mangé ce matin-là au petit déjeuner, et comment il était habillé, et même les mots grossiers qu'il avait employés en parlant des voisins dont le chien, comme tous les matins, aboyait après le facteur. Elle lui dit tout ce que son père avait fait ce matin-là et ce qu'ils avaient mangé le midi. Elle se souvenait même qu'il avait taquiné Sue quand elle était passée, en lui disant que c'était comme une drogue chez elle ce besoin de venir câliner le bébé tous les samedis après-midi.

« Quel bébé, moi ?

– Oui, toi. »

Elle écarta les mains comme quelqu'un qui veut convaincre un inspecteur de police de son innocence.

« Sincèrement, Simon, dit-elle. Il n'y avait rien de spécial ce jour-là. On y a tous réfléchi après coup et personne n'a trouvé que ton père était de mauvaise humeur ou qu'il était jaloux ou se sentait rejeté. En fait, quand il a disparu, tout le monde a cru qu'il lui était arrivé un malheur – un accident de la route ou quelque chose comme ça. C'est bien plus tard que nous nous sommes aperçus qu'à un moment, dans l'après-midi, il avait dû remplir le grand sac de voyage bleu et le descendre par une fenêtre de derrière avec une corde. Quand il a passé la barrière, il n'avait aucun bagage. Il avait les mains dans les poches et il sifflait. On a pensé qu'il allait acheter de la bière ou du chocolat. Mais il a dû faire le tour, ramasser son sac et aller prendre le bus – le bus qui l'amenait à la gare juste à temps pour attraper le dernier train pour Londres. »

Elle sourit d'un air de regret.

« Dès qu'elle a entendu ça, évidemment, Mamie s'est mise dans une colère folle. »

Là, Simon ne put s'empêcher de sourire à son tour. Il imaginait très bien sa grand-mère au bout du fil, le jour où son gendre avait fait la bêtise de sa vie.

« Comme un volcan en éruption ! »

Sa mère en profita pour se lever de table. Elle espérait visiblement que la conversation était finie.

Mais Simon lui demanda encore quelques minutes d'attention.

« Qu'est-ce qu'il sifflait ? »

Elle se retourna en ouvrant des yeux ronds.

Il reposa sa question.

« Qu'est-ce qu'il sifflait ? Quand il a passé la barrière les mains dans les poches, qu'est-ce qu'il sifflait comme air ? »

Elle secoua la tête.

« Mais enfin, Simon ! Comment veux-tu que je m'en souvienne ? »

Simon n'osa pas le dire, mais il ne voyait vraiment pas pourquoi c'était tellement plus étrange que de se souvenir s'il avait mangé des corn flakes ou des flocons d'avoine le jour où il était sorti à tout jamais de sa vie. L'air qu'il sifflotait, c'était autrement plus important. Peut-être un indice pour connaître ses pensées. Que pouvait bien penser quelqu'un qui avait juste quelques années de plus que Simon lui-même, au moment où il allait refaire sa vie ailleurs et autrement ? Que pouvait-il siffler ? « En route pour l'aventure » ? « Le long chemin du solitaire » ? « Adieu à jamais » ?

Et maintenant, dans cette salle d'étude étouffante, tous ces airs lui revenaient, l'un après l'autre, et voltigeaient dans sa tête tandis que son stylo courait sur le papier, consignant imperturbablement dans son compte rendu sur le bébé de farine tout ce que sa mère lui avait dit la veille. Lorsque de petites bribes de chansons s'échappèrent de ses dents serrées en un léger sifflement, Mlle Arnott ne se donna pas la peine de le faire taire. Il ne cherchait pas à dissiper les autres. Il ne semblait même pas s'en rendre compte. Et tant qu'il était absorbé, elle pouvait faire tranquillement son tour de classe et s'arrêter derrière lui pour lire par-dessus son épaule les dernières phrases qu'il avait écrites.

Et le plus bizarre de tout ce que m'a dit Maman, c'est que mon père n'était même pas à bout de nerfs ou de mauvaise humeur ce jour-là. Alors ça veut peut-être dire qu'il n'était pas vraiment en train de nous quitter mais plutôt de passer à autre chose, de réaliser son nouveau projet. Et j'ai compris aussi que si je n'avais pas été là, déjà né, mon Papa ne serait aujourd'hui qu'un de ces ex-petits amis que Maman a complètement oubliés. S'il n'y avait pas eu moi entre eux, elle ne se souviendrait même pas de son nom aujourd'hui, et encore moins de son visage et de ce qu'il prenait au petit déjeuner.

Mais si seulement je pouvais savoir ce qu'il siff...

La cloche sonna.

Mlle Arnott recula vivement, de sorte qu'au moment où ils se retourneraient tous pour lui lancer un regard plein d'espoir, Simon ne s'apercevrait pas qu'elle était en train de lire ce qu'il écrivait.

« On peut, Mademoiselle ?

– Oui. Allez-y. »

Il ne fut pas aussi rapide que d'habitude pour fourrer ses affaires dans son cartable et se ruer vers la porte. Mlle Arnott en profita pour l'interpeller.

« Simon... »

Il se retourna.

Elle ne savait pas comment le formuler sans

qu'il prenne cela pour une insulte. Finalement, elle lui dit d'un ton amical :

« Vous avez beaucoup écrit, aujourd'hui. »

Il haussa les épaules.

Elle poursuivit.

« Il y a des gens qui ont besoin de temps pour s'y mettre, vous savez. Nous les appelons les bourgeons tardifs. Ils lanternent pendant des années, parce qu'ils ne voient pas l'intérêt de travailler. Et puis un jour la lumière se fait et ils commencent à aimer ça. »

Elle attendit.

Simon ne répondit rien.

Elle savait qu'elle aurait pu s'abstenir de cette question, mais elle brûlait de savoir.

« C'est peut-être ce qui vous est arrivé aujourd'hui, vous ne croyez pas ? »

Simon se mit à inspecter ses pieds de géant. Il ne regrettait pas d'avoir mis toute son énergie dans le travail pendant tout le temps où elle l'avait surveillé. Mais son enthousiasme du début et sa culpabilité étaient partis, maintenant. Il se sentait comme une cartouche de stylo vide. Pendant un instant, il envisagea d'essayer de rester cette nouvelle personne, un nouveau Simon qui ferait religieusement ses devoirs et les rendrait à temps, qui passerait l'heure du déjeuner à la bibliothèque, qui discuterait sérieusement de projets d'études avec ses professeurs. Après tout, les quarante minutes qu'il venait de passer à écrire avaient été plutôt agréables. Bien sûr, il avait une douleur au poignet et une marque rouge sur le côté du doigt, à cause de la pression du stylo (mais ce n'était rien comparé aux coups qu'il prenait pendant l'entraînement de foot). Non, ce que Simon n'aimait pas – ce qu'il détestait, même – dans ces quarante minutes, c'est qu'elles étaient déjà passées. Finies, pour toujours. Ftt ! Disparues, comme ça ! Et il était tellement concentré qu'il ne les avait pas vues passer. Pendant quarante minutes, il s'était comporté comme un des chiadeurs des autres classes – du genre qui lèvent les yeux de la dernière page de leur livre et s'étonnent qu'il fasse déjà nuit.

Non. On risquait de gâcher sa vie, comme ça, si on ne faisait pas attention. Il fallait rester sur ses gardes.

Mlle Arnott le regardait, pleine d'espoir. Et Simon avait toujours bien aimé Mlle Arnott. Il ne voulait pas anéantir son rêve et voir s'éteindre ses yeux pleins d'étoiles.

Traînant les pieds, il fit un réel effort pour être diplomate.

« C'est possible », dit-il. Puis il répéta, un peu plus fermement : « C'est possible. »

Et pour éviter qu'elle ne le retienne plus longtemps, il se précipita vers la porte.

Dans le couloir, Simon se trouva plaqué contre le mur par ce qu'il prit d'abord pour un char blindé en modèle réduit.

Au-dessus, la tête de Sajid qui ricanait comme un idiot.

« Qu'est-ce que c'est que ce truc ? » lui demanda Simon.

Sajid recula de quelques centimètres pour que Simon puisse se dégager et regarder un peu mieux.

« Ça ne se voit pas ? C'est un landau.

– Ah oui ? Et pourquoi il a huit roues, alors ? »

Sajid leva les yeux au ciel.

« Parce que ce sont deux landaus réunis avec du fil à fusibles que Tullis a piqué pour moi.

– Mais c'est pour quoi faire ?

– Pour les bébés de farine. » Les yeux de Sajid se mirent à étinceler. « À ton avis, Sim, combien de bébés de farine on peut caser dans ce landau sans qu'il y en ait un seul qui tombe ? »

Simon sortit son bébé de farine de son cartable et l'assit à une extrémité du landau, comme une princesse.

« Une dizaine, dit-il après un moment de réflexion. Ils seraient un peu serrés, mais ils ne tomberaient pas.

– Exactement ! croassa Sajid. Dix dans celui-là à l'avant et neuf dans l'autre, derrière. En tout dix-neuf bébés de farine dans les deux landaus.

– Et alors ? »

Sajid commençait à perdre patience.

« Ce que tu peux être bouché, mon pauvre Sim ! C'est une petite crèche ambulante.

– Une boîte à sardines roulante, tu veux dire », rétorqua Simon.

Sajid commença à pousser son engin. Attachés aussi rigidement ensemble, les landaus ne pouvaient pas prendre l'angle du couloir et Sajid fut obligé de faire six ou sept manœuvres, sous les instructions bruyantes mais inefficaces de Simon.

« Mais c'est ça l'intérêt, justement, insista-t-il lorsque enfin ils purent pousser l'engin en ligne droite. Plus je peux mettre de bébés de farine dedans, plus je gagnerai d'argent. »

Simon était époustouflé.

« De l'argent ? »

Sajid se retourna, l'air aussi surpris que lui.

« Qu'est-ce que tu crois ? Ce ne sera pas une

crèche de charité, dit-il sévèrement. La responsabilité, ça se monnaie. Les affaires sont les affaires. »

Simon répondit avec mépris :

« Arrête, Sajid. Personne ne te paiera pour ça. Personne.

– Détrompe-toi, rétorqua Sajid, triomphant. J'ai déjà dix inscrits, et il y en a trois qui vont regarder ce soir dans leur tirelire s'ils ont de quoi se payer… »

Boum !

Il venait d'entrer en collision avec le professeur Feltham, qui tournait le coin du couloir à une telle vitesse qu'il lui fut impossible de s'arrêter à temps. Simon s'attendait au pire. Une engueulade monumentale. Une autre colle. Cinquante lignes. Mais le professeur Feltham, lorsqu'il eut retrouvé sa respiration, fit le tour de l'étrange véhicule à huit roues, examinant sa forme et ses caractéristiques.

« Extraordinaire ! »

Il se retourna pour s'adresser à la petite cour stationnée derrière lui, les bras chargés de matériel de laboratoire.

« Extraordinaire ! Incroyable hasard ! Pas plus tard que ce matin nous parlions de véhicules articulés et voilà que nous tombons dans ce couloir sur le plus parfait exemple de ce que j'essayais de vous expliquer. Regardez : une structure rectangulaire rigide, de belles proportions et… »

Il s'interrompit pour regarder sous les landaus.

« Huit roues… »

Il s'arrêta encore, distrait par autre chose.

« Qu'est-ce que c'est ? demanda-t-il en montrant du doigt. Du fil à fusibles de trente ampères ? J'ose espérer qu'il ne vient pas d'un des ateliers de M. Higham ! »

Puis, sans même attendre la réponse, il reprit la tête de sa petite troupe, tout en se lançant dans une grande explication sur les mystères des angles d'approche et la différence entre vitesse et vélocité.

Simon et Sajid s'appuyèrent au mur pour les regarder s'éloigner. Sajid était soulagé que le professeur Feltham n'ait pas sérieusement soupçonné que les dix mètres de fil à fusibles volés par Tullis provenaient d'un atelier, et Simon était rassuré sur un point : il avait bien fait de décider de ne pas devenir un chiadeur. Pour le moment, il se sentait à nouveau hors de danger.

Ils gardèrent le silence pendant quelques secondes encore. Puis Sajid poussa Simon du coude au moment où le dernier courtisan du professeur Feltham disparaissait à l'angle du couloir.

« Tristes vies… » dit-il en secouant la tête.

Simon répéta :

« Tristes vies… »

Inexplicablement, cette brève leçon sur les véhicules articulés, ou tout au moins ce qu'ils en avaient compris, les avait plongés dans une morosité difficile à chasser.

Ils se mirent à deux pour pousser le landau jusqu'au bout du couloir et décidèrent, pour retrouver leur gaieté, de chercher une pente bien raide où il pourraient rigoler.

CHAPITRE 6

Le onzième jour, Robin Foster perdit son sang-froid. D'un coup de pied, il envoya son bébé de farine dans le canal. Le petit sac coula presque tout de suite. Trois jours avant, à la pesée bihebdomadaire, les choses s'étaient pourtant bien passées. Son bébé de farine n'avait pas perdu un gramme, ce qui prouvait qu'il le traitait correctement. Il n'avait pas non plus gonflé de façon anormale. Mais en rentrant de l'école le onzième jour, Robin fut pris d'une colère noire qui se solda par quelques bulles remontant à la surface devant une rangée de visages curieux, les yeux rivés sur l'eau noire et boueuse du canal.

« Il est mort !

– Il est fichu, Foster !

– Et toi aussi…

– Pourquoi tu as fait ça ? »

Robin n'avait pas envie de s'expliquer.

« Je n'ai pas pu m'en empêcher, tu comprends ?

– Non, répondit Simon en rajustant le bonnet de son propre bébé de farine. Je ne comprends pas. Je ne comprends pas du tout. »

Robin lui fit une affreuse grimace.

« Eh bien, peut-être que ton bébé de farine est plus facile à garder que le mien.

– Tu parles ! » rétorqua Simon.

Mais, secrètement, il se dit que c'était peut-être vrai. Son bébé de farine à lui avait une façon de le regarder, avec ses grands yeux ronds, qui donnait envie d'en prendre soin. Souvent, Simon se surprenait à lui parler comme à une amie. « Tu es bien installée ? » lui demandait-il lorsqu'il la couchait au-dessus de ses livres dans son cartable. Ou : « Tu es bien, là-haut ? » quand il la posait sur l'armoire (le seul endroit où Macpherson ne pouvait pas l'atteindre). Il savait qu'il aurait beaucoup de mal à sacrifier son bébé de farine le jour de la grande explosion. Mais au moins ce serait quelque chose d'extraordinaire, quelque chose de vraiment grand. Il ne pouvait pas imaginer le jeter dans le canal.

« Qu'est-ce qui t'a poussé à faire ça ? » redemanda Simon.

S'il avait été le seul à vouloir savoir, Robin aurait ignoré sa question. Tout le monde dans l'école savait que Simon Martin était toqué de son bébé de farine. Mais les trois autres le regardaient aussi. Gwyn Phillips était même descendu de son vélo. Ils étaient tous là, debout devant lui, à attendre sa réponse. On dirait une troupe de chacals cernant une biche blessée, pensa Robin.

« J'en sais rien, dit-il sèchement. J'ai perdu mon sang-froid, c'est tout. J'en ai eu assez de ce truc qui me regarde à longueur de journée. »

Simon ne put s'empêcher de le reprendre :

« Le tien ne risquait pas de te regarder, vu qu'il n'avait pas d'yeux. »

Robin lui répondit méchamment.

« Oh, ça va, Sim ! Toi, tu peux frimer. Avec ta carrure de grand singe, il n'y a pas de danger qu'on se paie ta tête. Personne n'ose te mettre en boîte quand tu te balades avec ton sac de farine de trois kilos en lui faisant des risettes et en lui chantant des berceu…

– Écoute, Foster… »

Mais Robin était trop furieux pour s'arrêter.

« C'est vrai. Toi, avec tes biceps de gorille, tu es tranquille. Personne ne va te chercher des crosses. Mais nous ?

– Ça, c'est vrai !

– Parfaitement !

– Foster a raison. »

Simon se retourna vers la bande de traîtres, derrière lui.

« Ne me dites pas que vous êtes de son côté ! »

Il semblait bien que si.

Wayne Driscoll fut le premier à le prouver.

« Robin a raison. Moi aussi j'en ai ras le bol du mien. J'en ai ras le bol de le trimbaler partout où je vais et de faire attention à ne pas le mouiller et à ne pas le salir. J'en ai ras le bol qu'il se salisse tout seul. Je le pose quelque part une demi-heure et, quand je reviens le chercher, il est noir de crasse. Et ça, j'en ai par-dessus la tête. Je vais vous dire, moi aussi j'ai envie de le jeter dans le canal. »

Simon essaya de le raisonner.

« Pourquoi tu ne le mets pas à la crèche de Sajid ? Il les surveille et il fait gaffe à ce qu'ils ne se salissent pas. »

Wayne avait une réponse toute prête.

« Parce que je n'ai pas un sou, tiens ! Je n'ai pas encore fini de payer la caisse à charbon des voisins. »

Simon fit un effort pour ne pas perdre patience.

« Écoute, Wayne, dit-il. Après tout le bazar

qu'on a fait chez elle, la mère de Luis ne le laissera jamais plus organiser une "Soirée Fantôme". Alors tu n'es pas près de te resservir de cette caisse à charbon comme d'un cercueil. Tu ferais mieux de la rendre.

– Je ne peux plus, maintenant qu'elle est fichue, rétorqua Wayne. Et, de toute façon, si elle n'a pas pu contenir cinq vampires sans éclater, ça veut dire qu'elle ne pourra plus jamais servir à stocker du charbon ! »

Son visage s'assombrit.

« D'ailleurs, les voisins me l'ont dit. C'est une nouvelle caisse à charbon ou le commissariat de police. Alors je leur achète une nouvelle caisse. »

Simon essayait toujours de trouver une solution.

« Sajid te fera peut-être crédit. »

Cette fois, Wayne ne put s'empêcher de lui rire au nez.

« Tu rêves, mon pauvre Sim ! Si tu ne passais pas tes journées à pouponner, tu saurais que Sajid a déjà chargé Henry et Bill de faire les poches de tous ceux qui sont en retard pour payer leurs heures de crèche. Pourquoi crois-tu que George rentre chez lui à pied aujourd'hui ? Parce que les types de Sajid lui ont piqué ses tickets de bus. »

Plein de hargne, il pencha la tête comme le faisait souvent Sajid et imita sa voix : « Désolé, les gars. Les affaires sont les affaires ! »

George passa devant Wayne pour exprimer lui aussi son mécontentement.

« Parfaitement. J'en ai marre de rentrer chez moi à pied. J'en ai marre de donner tout mon argent à Sajid pour avoir juste quelques petites heures de moins à surveiller cette saleté de truc. J'en ai marre que personne ne me comprenne. Hier soir, j'expliquais à ma mère que tout ça était vraiment injuste et elle m'a ri au nez. Elle a même ajouté qu'elle aurait bien aimé que Sajid ait commencé sa crèche ambulante quand mon frère et moi étions petits et qu'elle aurait même payé le double de ce qu'il demande pour se débarrasser de nous quelques heures. Elle dit que ce sac de farine, c'est rien du tout à côté d'un vrai bébé et des problèmes que ça pose. Elle dit que quand il s'agit de faire attention à mes affaires, je suis au-dessous de tout. (Il prit un air sombre.) De toute façon, je n'ai pas les moyens. J'ai déjà dû demander une avance sur mon argent de poche de la semaine prochaine pour payer les heures de landau de la semaine dernière. Si ça continue comme ça, d'ici à ce que je rende mon bébé de farine, il me faudra des mois pour rembourser mes dettes ! Des mois ! Alors autant le jeter tout de suite dans le canal ! »

Avant que Simon ait eu le temps de lui répondre, Gwyn Phillips intervenait.

« Moi aussi ! Moi aussi j'en ai plus qu'assez. Je ne peux plus supporter d'attacher cette saleté de machin sur mon porte-bagages et de penser chaque fois à l'envelopper dans un sac en plastique au cas où une voiture l'éclabousserait en passant. J'en ai assez que mon père et ma mère me rappellent tous les soirs que je dois l'emmener dans ma chambre et le redescendre le matin. J'en ai assez de faire attention à ne pas le laisser seul avec le chat. Je suis prêt à le jeter dans le canal avec les autres. »

Joignant le geste à la parole, il détacha rageusement le sac de plastique qui contenait son bébé de farine du porte-bagages de sa bicyclette.

Simon s'apprêtait à le lui arracher des mains, lorsque Wayne Driscoll s'avança avec son bébé de farine et prépara son coup de pied pour le lancer.

« Si on faisait un concours ! cria-t-il. À celui qui va le plus loin !

– À celui qui coule le plus vite !

– À celui qui fait le plus de bulles en coulant ! »

Simon s'approcha du canal et étendit les bras pour les arrêter.

« Non ! »

Ils tournèrent un instant la tête vers lui.

« Tu commences à nous pomper l'air, Sim !

– T'es une mauviette !

– Je vais te dire, Sim, cette histoire de bébé de farine te rend complètement débile ! »

Simon resta fermement planté entre ses quatre camarades et le canal.

« Écoutez-moi, supplia-t-il. Je sais que vous les haïssez. Je sais que vous pensez tous qu'ils sont ridicules et qu'ils n'ont rien à voir avec les sciences, et qu'ils ne valent pas la peine qu'on s'embête à les surveiller, et que vous préférez les jeter, quitte à être réduits en bouillie par le Vieux Canasson, plutôt que de les traîner avec vous un jour de plus. (Il étendit les bras.) Mais je vous assure que ça vaut le coup. C'est vrai, je vous jure ! Essayez de tenir encore un peu… (Ses yeux se mirent à étinceler quand il retrouva la vision qui l'aidait à tenir depuis onze jours.) Il va y avoir une explosion fantastique. Ce sera géant ! Comme ces trucs dans la Bible, vous savez, les rivières de sang et les plaies de grenouilles et de sauterelles et de premiers-nés, et tout ça. Ma parole : cinquante kilos de farine blanche qui explosent dans la classe, vous imaginez !

– Celui de Foster n'a pas explosé quand il a shooté dedans, fit remarquer George d'un ton hargneux. Il a coulé, c'est tout. »

L'argument était gênant, mais, animé par sa conviction de fanatique, Simon n'eut aucun mal à trouver une explication assez convaincante.

« Foster n'a pas shooté assez fort, il en est incapable. »

C'était difficile de le contredire. Les trois garçons se regardèrent, prêts à changer de camp.

C'était vrai : Foster n'avait même pas la force de shooter dans un sac de papier froissé. Wayne fut le premier à craquer. Depuis trois ans, il n'arrêtait pas de le mettre en boîte, quand ils jouaient.

Et il était vrai aussi que, après onze jours enchaînés vingt-quatre heures sur vingt-quatre à un bébé de farine, un simple coup de pied pour l'envoyer dans le canal n'avait rien de très excitant comparé à la perspective que Simon leur faisait miroiter. Wayne aurait même parié qu'aucun des trois autres n'était capable de faire exploser son bébé de farine au-dessus de l'eau. Gwyn était encore plus mauviette que Foster. Et George n'était pas mieux. Leurs sacs de farine couleraient sans laisser de trace, exactement comme celui de Robin. En revanche, Wayne était sûr et certain que son bébé de farine à lui exploserait : ce n'était pas pour rien qu'il faisait partie d'une équipe de foot. Seulement, la farine serait bêtement emportée au fil de l'eau, et voilà tout. Rien de très spectaculaire. Même pas un vrai bon chahut.

Non. De quelque côté qu'on étudie la question, même un coup de pied magistral ne pouvait compenser onze jours gâchés.

« D'accord, dit Wayne. Tu as gagné. On attendra. »

Mais il y avait encore un sceptique parmi eux.

« Pourquoi ? demanda soudain George Spalder. Pourquoi on attendrait ? Juste parce que Sim nous promet une explosion à tout casser ? Vous avez tort de le croire. Je suis sûr qu'il se trompe. Le Vieux Canasson est prof ici depuis cent ans. Il ne laissera personne faire éclater cinquante sacs de farine dans sa classe. Il faudrait qu'il soit tombé sur la tête. Non. Ça n'arrivera jamais. Sim a dû mal comprendre. »

Simon répliqua d'une voix pleine de conviction et de sincérité :

« Il l'a dit. Je l'ai entendu quand j'écoutais aux portes de la salle des profs ! "Cinquante kilos de farine blanche explosant dans ma salle de classe". Voilà mot pour mot ce qu'il a dit. »

Wayne était maintenant partagé entre la raison et l'envie.

« Je sais pas, dit-il, en frottant le bord de sa chaussure sur une touffe d'herbe du chemin de halage. Ça me paraît trop beau pour être vrai, mais Sim a peut-être raison. Après tout... (Plus ses sentiments prenaient le dessus, plus il parlait fort.) Après tout, je ne vois pas pourquoi on nous obligerait à nous occuper de ces cochonneries de pantins avachis qui ne servent à rien, en nous mettant en plus des mouchards sur le dos pour être sûr qu'on ne triche pas. Moi, je dis que c'est pour nous pousser à bout et pour qu'on finisse par les démolir à coups de pied ! »

Il lança à la ronde des regards furieux et attendit une réponse.

« Ils nous l'ont dit, pourquoi, lui rappela George Spalder. Pour qu'on apprenne à se connaître et qu'on sache ce que c'est que d'être parent. C'est ça le but.

– Alors j'ai bien fait de jeter le mien dans le canal, se réjouit Robin. Parce que je n'ai rien appris avec. Rien du tout. Ça fait onze jours que je me balade avec ce sac de farine et tout ce que je sais, c'est que jamais, jamais de ma vie je n'aurai de bébé, à moins que quelqu'un d'autre ne le garde au moins la moitié de la journée et qu'il y ait une crèche gratuite à côté de chez moi ! »

Tout le monde se taisait.

« Moi, dit Wayne, je crois que si les gens savaient à quel point ça peut être pénible d'avoir un bébé, personne n'en voudrait jamais.

– Et si jamais on en a un par accident, ajouta Robin, le plus sage, c'est de partir en courant. »

Il regarda Simon, cherchant son approbation. Mais celui-ci lui tourna le dos.

Robin se rendit compte de sa gaffe.

Jetant aux autres un regard coupable, il posa une main sur l'épaule de Simon.

Simon se dégagea aussitôt d'un geste brusque et reprit le chemin par lequel ils étaient arrivés.

« Qu'est-ce qui lui prend ? demanda George Spalder, l'air ahuri.

– Tais-toi, andouille », murmura Robin. Et il ne put s'empêcher d'ajouter, d'un air important : « Tu ne savais pas que le père de Sim était parti au bout de six semaines, parce qu'il en avait marre de s'occuper de lui ?

– Non, répondit George. Je ne savais pas. »

Il regarda Simon qui s'éloignait.

« Six semaines avec son père, ça fait pas beaucoup.

– Ça fait exactement mille huit heures », dit Robin d'un ton pompeux.

Du coup, tous les autres le considérèrent soudain avec respect. Puis, un par un, ils se tournèrent vers Simon, le regardant avec compassion s'éloigner d'eux sur le chemin. Il était parfaitement clair qu'il ne voulait plus de leur compagnie.

Gwyn remonta sur son vélo.

« Bon, j'y vais. »

George donna un coup de coude à Wayne.

« Allez, on y va. (Il entraîna aussi Robin.) Viens. On n'a plus rien à faire ici. Il ne reviendra pas avant qu'on soit tous partis. »

Il avait raison. Une minute après qu'ils eurent disparu entre les arbres, après le virage, Simon se retourna avant de continuer son chemin, pour voir si personne ne le suivait. Il se sentait mal. Incapable de supporter qui que ce soit auprès de lui. Il voulait être seul.

Six semaines ! C'est sûr, se disait-il en donnant des coups de pied furieux dans les pierres du bas-côté, c'est sûr que six semaines c'est bien assez long ! Qu'est-ce qu'il pouvait bien avoir qui n'allait pas, étant bébé ? Quel petit monstre pouvait-il être pour qu'au bout de six semaines son père ait pensé que ça ne valait pas la peine de rester avec lui et de l'élever ? Simon n'avait son bébé de farine que depuis onze jours et, de même qu'il n'imaginait pas le jeter dans le canal sur un coup de tête, il ne pouvait pas comprendre qu'un beau matin, son propre père soit parti comme ça, en sifflotant. Car enfin, Simon, lui, était un vrai bébé.

Alors, que pouvait-il bien y avoir d'anormal chez lui ? Simon avait déjà vu d'autres bébés. Le matin même, en allant à l'école, il avait failli en bousculer un. Le petit était bien calé dans un porte-bébé sur le dos de sa mère, qui attendait le signal vert pour traverser la rue. Onze jours plus tôt, Simon aurait pu passer devant des multitudes de bébés sans les voir. Maintenant, il les remarquait tous.

Celui-ci portait un bonnet en laine plein de petits pompons, noué sous son menton par un ruban. Le bébé et le bonnet étaient aussi propres l'un que l'autre. Les joues roses et luisantes. La laine blanche comme neige. Simon se demanda comment ses parents faisaient. Son bébé à lui, malgré tous les efforts qu'il faisait pour le garder impeccable, semblait plus sale de jour en jour.

Comme s'il avait senti ce regard envieux, l'enfant tourna la tête vers Simon. Le ruban de son bonnet se mit en travers de sa bouche. Simon avança la main pour le remettre en place.

Le bébé vit arriver le doigt et aussitôt son visage de gros poupon fut métamorphosé par un sourire. Simon eut l'impression qu'une lampe très puissante venait de s'allumer sur la tête du bébé. C'était magique. Tout son visage était illuminé.

Simon lui sourit de toutes ses dents. C'était merveilleux ! À voir comment le petit rayonnait, on aurait pu croire que Simon venait d'accomplir un tour de prestidigitation absolument incroyable, un exploit stupéfiant, un triple saut périlleux avec des feux de Bengale dans les oreilles. Mais non, il avait simplement tendu un doigt pas très propre.

Il fit glisser le ruban pour le remettre sous le menton du bébé, qui ne broncha pas. Il était tellement fasciné par la vue de ce doigt s'approchant de lui qu'il ne réalisa même pas que le but de ce geste était de rajuster le ruban.

Grisé par son pouvoir, Simon agita le doigt.

Instantanément, le bébé éclata de rire et se mit à gigoter énergiquement dans son porte-bébé.

Sa mère se retourna.

« Excusez-moi », dit Simon.

À ce moment, le signal pour les piétons passa au vert.

Tout le temps qu'il traversa la rue, Simon resta juste derrière le bébé sans cesser d'agiter son doigt au-dessus de sa tête. Le petit gigotait en poussant des cris de joie. Simon eut un petit serrement de cœur quand il dut partir dans l'autre direction. Jamais il n'avait donné autant de joie à quelqu'un aussi facilement. Quel âge pouvait avoir ce bébé ? Aucune idée. Simon n'y connaissait pas grand-chose. Il arrivait à faire la différence entre les minuscules nourrissons rouge écarlate qu'il avait vus dans les documentaires et les gros bébés roses qui attendaient dans leurs poussettes devant les magasins. Mais c'était tout. Simon se dit que peut-être son père non plus ne savait pas grand-chose des bébés. Peut-être qu'en regardant Simon gazouiller béatement dans son berceau, il n'avait pas réalisé que quelques semaines plus tard – à moins que ce ne soit quelques mois ? – il deviendrait comme ce bébé qu'il avait vu sur le trottoir, un petit bonhomme capable de vous donner le sentiment d'être quelqu'un de très puissant, alors que vous aviez tout bêtement remué un doigt.

Voilà ce que les bébés ont de spécial, se dit Simon. Ils sont différents de tout le reste. Ils sont à part. Tout à coup, il comprit clairement pourquoi tout le monde sans exception se bousculait pour leur faire des risettes. Même si vous êtes triste comme un bonnet de nuit, un bébé vous prend pour une star, l'invention la plus géniale du monde depuis celle du pain en tranches, quelqu'un qui vaut la peine qu'on se penche dangereusement par-dessus le bord du porte-bébé pour le regarder une dernière fois. Rien d'étonnant à ce que les gens s'extasient en poussant des « Oh ! » et des « Ah ! » et en disant qu'ils les adorent. Simon avait toujours cru qu'ils le faisaient non pas par sincérité mais par politesse, pour faire plaisir aux parents. Mais maintenant il voyait que les gens pensaient vraiment ce qu'ils disaient : que les bébés sont merveilleux. Et ce n'était rien de plus que la vérité. Il faut dire ce qui est, pensa Simon. On ne peut pas acheter aussi bien dans les magasins.

Simon suivait le fil de sa pensée : ce qu'il y a de vraiment bien avec les bébés, c'est que ce ne sont pas vraiment des gens – pas encore, en tout cas. Donc on peut les traiter différemment. Ils sont plus faciles à aimer. En fait, c'est un peu comme les animaux. On leur donne à manger, on les lave, on s'occupe d'eux toute la journée et même si on en a assez, on ne peut pas leur demander de se débrouiller tout seuls. Un bébé ne peut pas faire pour vous tout ce que vous faites pour lui, mais personne ne peut lui en vouloir pour ça.

Avec les gens, c'est plus compliqué. Tantôt ils ont l'impression qu'on leur marche sur les pieds, tantôt ils trouvent qu'on les néglige. Simon repensa à Fruzzy Woods qui s'était fait définitivement rabrouer par Lucinda trois jours plus tôt pour un problème de ce genre. « Entre nous, c'est fini, lui avait-elle crié. J'en ai assez que tout soit toujours à sens unique ! Je suis venue en supporter à tous tes matchs de foot et tous tes entraînements. Et maintenant, quand je te demande de venir assister à mes finales de badminton, qu'est-ce qui se passe ? Tu me dis que tu n'as pas le temps ! » Après ça, chaque fois que Fruzzy lui téléphonait à la sortie de l'école pour la supplier de venir discuter avec lui, elle lui répondait : « Je n'ai pas le temps. »

Aimer un bébé, en comparaison, c'était simple comme bonjour. Dans un brusque élan d'affection, Simon s'arrêta, sortit son bébé de farine de son sac, s'assit au bord du canal et le posa sur ses genoux.

« Je vais te dire ce que j'aime chez toi, lui dit-il, en plongeant son regard dans ses grands yeux ronds. Tu es très facile à vivre. Pas comme Maman qui me demande toujours de mettre mon assiette dans l'évier ou de fermer les portes plus doucement ou d'enlever mes chaussures du couloir. Tu n'es pas comme Mamie qui n'arrête pas de me dire que j'ai grandi et de me demander ce que je veux faire plus tard. Toi, tu ne me demandes pas d'être différent, comme mes profs. Tu ne me taquines pas comme Sue. Et tu ne m'abandonnes pas, comme mon père. »

Il le cala bien sous son bras et regarda l'eau couler.

« Ça me serait bien égal que tu sois vraie, lui dit-il. Même si c'était plus de travail. Même si tu hurlais, et si tu faisais tout le temps dans tes couches et si tu piquais des colères dans les magasins. Ça me serait égal. »

Il baissa les yeux vers elle, confortablement installée au creux de son bras, et appuya du bout du doigt là où il y aurait eu son nez, si elle n'avait pas été un simple sac de farine.

« Je vais te dire ce que je ne comprends pas, lui confia-t-il. Je ne comprends pas comment on peut maltraiter un bébé. »

Les grands yeux ronds le regardèrent fixement. Il tenta de s'expliquer.

« Maman dit qu'elle comprend que ça puisse

arriver. (Simon ne put s'empêcher de faire la grimace.) En fait, elle dit qu'elle ne compte pas le nombre de fois où j'ai failli la pousser à bout, quand je faisais mes dents. »

Il secoua la tête pour exprimer son étonnement.

« Et Mamie dit qu'une fois sa sœur a perdu patience et qu'elle a jeté son bébé dans son berceau tellement fort qu'elle lui a cassé un pied. »

Il approcha la tête de son bébé de farine.

« Pas au bébé, au berceau », précisa-t-il.

Content de cette précision, il poursuivit.

« Et Sue dit qu'elle est tellement de mauvais poil quand elle n'a pas ses huit heures de sommeil par nuit que c'est une bonne chose qu'elle n'ait pas eu d'enfants, sinon elle les aurait tous tués au bout d'une semaine. »

Il remit le bébé de farine sur ses genoux.

« Maman est allée une fois camper avec Sue, juste deux nuits, et elle est revenue en disant qu'elle voulait bien la croire. »

Il la chatouilla gentiment sur ce qui aurait été son ventre.

« Et puis, regarde Robin. D'habitude, il a plutôt bon caractère. Il supporte les réflexions du Vieux Canasson sur sa réserve de miettes de gomme, il supporte que Wayne se moque de lui en lui disant qu'il a deux pieds gauches. Ça ne ressemble pas à Robin de s'énerver comme ça. »

Il quitta des yeux son bébé de farine pour regarder l'eau noire qui coulait à ses pieds. Il ne voyait pas ce qui aurait pu pousser Robin à se mettre dans cet état. Il ne voyait rien qui puisse expliquer une pareille colère. Tout ce qui s'était passé, c'était que Gwyn avait demandé à quelqu'un de lui prêter son cahier d'exercices.

« Pour quoi faire ?

– Pour recopier les devoirs d'hier.

– Pas la peine que je te donne le mien, avait dit Wayne, j'ai tout faux.

– Moi c'est pareil, dit George. Canson m'a dit qu'un lutin sans cervelle aurait fait mieux que moi. »

Que le devoir qu'il allait recopier soit bon ou mauvais, Gwyn s'en fichait, apparemment.

« Tout ce que le Vieux Canasson m'a dit, c'est que je devais les faire, expliqua-t-il. Il n'a pas dit que je devais les faire bien.

– Prends le mien si tu veux, lui proposa Robin. Il ne m'a pas dit que c'était nul, donc c'est qu'il a trouvé ça bien.

– D'accord, dit Gwyn. Je prends le tien. » Il resta debout près de Robin qui fouillait dans son cartable, repoussant son cahier de maths et le nouveau dictionnaire anglais illustré que M. Dupasque avait tenu à lui donner le matin même. Tandis qu'il fouillait, trop profondément et trop vite, son bébé de farine tomba dans une flaque de boue.

« Oh, mer… credi ! »

Il le ramassa, le brossa sommairement pour enlever le maximum de boue et de gravillons, avant de le lancer à Gwyn pour qu'il le tienne.

Évidemment, Gwyn le manqua.

Il retomba par terre. Robin le ramassa et l'enfonça fermement dans un buisson avant de se remettre à fouiller frénétiquement dans son cartable. Il faisait tellement de bruit qu'il n'entendit pas derrière lui le léger bruissement de son bébé de farine. Le petit sac glissa puis retomba dans la boue avec un bruit mat et farineux. Robin perdit patience.

« Imbécile ! hurla-t-il. Andouille ! Crétin ! »

Gwyn recula, inquiet. Était-ce à lui que s'adressait Robin ? Non. Il en avait après son bébé de farine. Il l'avait ramassé et s'était mis à le secouer jusqu'à ce que la farine s'en échappe.

« Imbécile », répéta-t-il en le battant violemment.

À chaque coup, un petit nuage de farine s'échappait.

Robin devint enragé.

« Prends soin de ton bébé de farine, cria-t-il en imitant les adultes qui lui répétaient ça à tout bout de champ depuis des jours et des jours. N'oublie pas de l'emmener là, et là-bas ! Fais attention : attache-le solidement sur ton porte-bagages ! Ne le perds pas ! Ne le fais pas tomber dans la boue ! »

Chaque fois qu'il criait une recommandation, il donnait un grand coup de poing au bébé de farine.

« Fais attention de ne pas le mouiller ! Ne le salis pas. Ne le fais pas tomber ! N'oublie pas de faire comme si c'était un vrai ! Faire comme si c'était un vrai ? Très bien ! Je vais faire comme si ! Et si tu étais vrai, si tu étais à moi, je te balancerais dans le canal ! »

Et là, devant tous les autres, il avait pris son élan et avait donné un grand coup de pied dans le sac de farine.

Tchac !

Simon, toujours assis au bord du canal, se rappelait comment le sac à moitié crevé avait coulé d'un seul coup et comment la farine restée par terre s'était envolée en un rien de temps. Quelques minutes après, il n'y avait plus que quelques bulles remontant sinistrement à la surface.

Il serra son bébé de farine très fort sur sa poitrine.

« Je ne sais pas grand-chose, lui dit-il. Mais je sais que jamais je ne te ferai ça. Jamais, jamais, jamais. »

Et, à ce moment, il en était convaincu.

Chapitre 7

Le seizième jour, M. Canson eut toutes les peines du monde à les faire travailler. Philip Brewster venait de tomber de sa chaise en voulant démontrer que les Chinois étaient les plus grands des habitants de la planète. Luis Pereira avait poussé son pupitre plusieurs fois de suite dans l'allée avant que M. Canson comprenne pourquoi : Henry lui avait fait croire que l'araignée qui se promenait au plafond, juste au-dessus de sa tête, était mortellement venimeuse et qu'en plus elle bavait. Bill Simmons n'arrêtait pas d'ajouter d'horribles fioritures à la grosse mouche qu'il s'était dessinée sur l'avant-bras. Même Robin Foster, d'ordinaire assez calme, s'amusait à lancer de petites miettes de gomme de sa collection dans les pétunias posés sur le rebord de la fenêtre.

« Bon, dit M. Canson. Je sais ce que nous allons faire. Nous allons lire de petits extraits de vos comptes rendus. »

Il attendit que les grognements s'amplifient au maximum avant de brandir sa menace :

« Ou alors... nous pouvons refaire l'interrogation écrite d'hier, qui était un vrai désastre. »

Tout le monde se rassit en hâte pour écouter la lecture des comptes rendus. Gwyn Phillips posa délicatement sa tête sur son bébé de farine comme sur un oreiller. Ses yeux se fermèrent, son pouce se glissa dans sa bouche. Personne ne se moqua de lui. On aurait dit qu'ils avaient tous pris cela pour un signal : aujourd'hui le temps s'arrêtait. Ils étaient revenus à l'âge de la maternelle.

En quelques minutes, ils s'étaient installés le plus confortablement possible. Certains, imitant Simon, avaient assis leur bébé de farine sur leur pupitre, comme s'ils écoutaient aussi.

M. Canson reprit.

« Je commence par Henry, annonça-t-il. Henry, le 9e jour. »

Henry, tout fier, brandit le poing.

M. Canson lut :

Je déteste mon bébé de farine. Je le déteste plus que tout au monde. Il pèse au moins une tonne. J'ai demandé à mon père combien je pesais à ma naissance, et il m'a dit que, s'il ne confondait pas avec Jim ou Laura, je pesais huit livres ! Huit livres ! Ça fait deux de plus que ce gros patapouf !

M. Canson s'arrêta.

Un léger murmure d'approbation s'éleva parmi ceux qui ne s'étaient pas endormis et avaient écouté jusqu'au bout.

« Et maintenant, dit M. Canson, Tullis, puisqu'il est absent. C'est le 8e jour. Je vous signale qu'il manque les comptes rendus du 2e au 7e jour et du 9e au 13e jour. »

Il attendit que les rires se calment avant de lire à haute voix, d'un air franchement dégoûté.

Mon bébé de farine a une crotte de nez sur le front. Mais c'est pas moi qui l'ai mise, alors je ne l'enlèverai pas.

Il s'arrêta.

« C'est tout. »

Des hourras accueillirent cette nouvelle. Encouragé, M. Canson prit l'œuvre de Rick Tullis datée du 14e jour.

Si j'ai été aussi souvent absent, c'est bien la faute du bébé de farine. Je ne dis pas que je me serais donné la peine de venir beaucoup de toute façon. Mais en plus, avec ce truc… Demain je ne viendrai pas non plus.

M. Canson balaya sa classe du regard.

« Il a bien compté ses phrases, dit-il. Au cas où il aurait commis l'abominable erreur d'en écrire plus de trois. »

Il feuilleta la pile de devoirs.

« Voilà quelque chose d'intéressant, leur dit-il. Deux devoirs absolument identiques. »

Il lut le premier à voix haute. C'était celui de Wayne Driscoll.

Maman dit que, quand je suis né, on était tellement pauvres qu'on vivait dans un cagibi et qu'on mangeait du charbon. Tout ça parce que mon grand-père avait dit que j'avais l'air d'un gnome. Maman n'a plus voulu lui parler et du coup il a refusé de lui prêter de l'argent. Maman pense qu'il était contrarié parce que je suis noir et pas lui. Pourtant c'est pas mon père, c'est mon grand-père, alors qu'est-ce que ça peut bien lui faire ? Je crois que mon père aurait été plus que contrarié si j'étais né tout blanc ! Maman dit qu'ils l'énervent tous les deux et qu'elle préférerait que tout le monde soit vert.

Prenant une autre feuille, beaucoup plus sale, M. Canson relut mot pour mot la même histoire.

Un à un, tous les élèves tournèrent la tête vers Gwyn Phillips.

« Qu'est-ce que vous avez à me regarder comme ça ? demanda Gwyn.

– On ne peut pas copier n'importe quoi, lui

expliqua gentiment Robin Foster. Ça n'a aucun sens pour toi. Tu n'es pas noir. »

Gwyn se mit à marmonner dans sa barbe. À part son voisin, personne ne comprenait ce qu'il disait. Mais de temps en temps on distinguait dans son charabia le mot *racisme*.

M. Canson préféra l'ignorer.

« On continue ? demanda-t-il tout souriant. Voyons Sajid Mahmoud, le 14e jour. »

Sajid toisa fièrement ses camarades, en quête de quelques regards admiratifs. Quelques-uns se donnèrent la peine de lui faire une grimace, mais la plupart firent semblant de ne pas l'avoir remarqué.

Aujourd'hui, je devrais avoir gagné plus de cent livres, seulement il y a six personnes qui n'ont pas mis leur bébé dans ma crèche, Tullis n'est jamais là, et puis je n'ai commencé que le quatrième jour et il y en a qui refusent de cracher ce qu'ils me doivent si je ne leur envoie pas Henry et Luis, alors je n'ai gagné que la moitié. Mais quand même…

M. Canson s'arrêta et attendit que tout le monde termine la phrase.

« *Les affaires sont les affaires !* » cria la classe à l'unisson.

M. Canson prit le temps de parcourir des yeux le devoir de Sajid une deuxième fois.

« Il n'y a que deux phrases », dit-il d'un ton sévère.

Et tandis que Sajid et M. Canson se lançaient dans une discussion très animée sur la nature et le rôle de la virgule, on entendait dans le bavardage des autres de graves accusations.

« ... de l'arnaque, je vous dis !

– ... m'a piqué quatre semaines d'argent de poche !

– ... pourrai jamais rembourser la caisse à charbon des voisins, à ce compte-là...

– Franchement, c'est du vol... »

M. Canson, mal à l'aise, changea de position sur le bureau. Imposant le silence à Sajid, il rappela aux autres :

« Personne ne vous a obligés à mettre vos bébés de farine dans sa crèche. »

Puis, il prit en hâte un autre devoir.

« Simon, annonça-t-il. Simon, le 12e jour. »

J'ai été vraiment choqué que Foster envoie son bébé de farine dans le canal comme ça. Je ne savais pas que Foster était un dur. Pourtant c'est vraiment un de mes bons copains. J'espère que son problème est bien ce que dit Mlle Arnott : qu'il manque de maturité...

M. Canson leva les yeux pour dire à Simon :

« J'espère que vous vous rendez compte que

c'est une véritable performance dans l'art du déchiffrage que de lire tout cela d'une seule traite, sans aucune hésitation. »

Ne mesurant pas très bien l'ironie vexante de cette remarque, Simon se contenta d'un grognement sourd que M. Canson prit pour la permission de poursuivre sa lecture.

En plus, Maman n'a pas arrêté de prendre la défense de Robin. Elle m'a dit que si on devait marquer quelqu'un au fer rouge chaque fois qu'il faisait une bêtise je serais plein de marques partout, avec toutes celles que j'avais déjà faites, comme de lancer un cactus à la figure de Hyacinthe Spicer, ou de donner la perruque de Mamie à manger au berger allemand de Tullis, et encore un ou deux trucs que je n'ai pas vraiment envie d'écrire dans ce journal.

Malheureusement pour Simon, George Spalder n'attachait pas le même prix à la vie privée.

« Il veut sûrement parler de la fois où il a jeté son devoir de géographie dans les toilettes et que ça a fait une inondation, confia-t-il à la cantonade.

– Non, dit Tariq. Il parle de la fois où il a donné les cachets d'aspirine de Mlle Arnott à sa gerbille et que la pauvre est tombée dans le coma. »

Il se retourna pour voir si tout le monde avait bien compris.

« Pas Mlle Arnott, précisa-t-il, au cas où le doute aurait plané encore dans certains esprits. La gerbille.

– Mais non ! (Avec un geste d'impatience, Wayne réfuta la théorie de Tariq). Il veut sûrement parler du jour où il s'est servi du panneau DANGER pour passer par-dessus le grillage et qu'il s'est fait prendre en train de fumer tranquillement une cigarette, adossé à la grosse bonbonne de gaz. »

M. Canson regardait maintenant Simon avec un certain respect. Un sacré beau garçon. Et costaud, avec ça. Mais il n'avait jamais pensé que ce gosse pouvait faire de pareils dégâts en traversant la vie d'un pas si nonchalant.

Tout à coup, voyant que tout le monde attendait son commentaire, M. Canson se sentit obligé d'en trouver un qui soit plus ou moins pédagogique.

« Vous ne devriez pas fumer, dit-il d'un ton sévère à Simon. C'est mauvais pour votre croissance. »

Il passa ensuite à Philip Brewster, 10ᵉ jour.

Tout va mal. Je croyais que mon bébé de farine était une calamité, mais il y a pire : les voisins en ont un vrai, un pleurnichard de première. Il n'arrête pas. Je l'entends à travers le mur. Comme j'ai dit à Nain

Jaune, mon poisson rouge, si c'était le mien, je lui attacherais une corde bien serrée autour du cou.

Passionné, M. Canson feuilleta vivement la pile de devoirs pour trouver celui que Philip avait écrit le 11e jour.

Ce qui m'énerve, c'est que moi je me fais sonner les cloches chaque fois que j'écoute ma radio. Pourtant, je la mets tellement bas que je l'entends à peine. Ce bébé est au maximum du volume toute la nuit, et quand je descends le matin les yeux en code parce que je n'ai pas dormi, tout le monde me dit : « Heureusement que c'est pas notre bébé. » Moi je préférerais que ce soit le nôtre. Je trouverais vite le moyen de le faire taire.

Toute la classe dévisagea Philip, qui se mit à rougir.

« Continuez, Monsieur, supplia Tariq, qu'on connaisse la suite de l'histoire. Lisez-nous le 12e jour. »

M. Canson trouva le compte rendu de Philip. Celui du 12e jour.

Je suis allé dire à la voisine que je ne dormais pas et elle a explosé comme un volcan. J'ai réussi à échapper à la coulée de lave en sautant du perron. Décidément, je ne comprendrai jamais les gens qui ont des bébés.

Une chaleureuse acclamation vint approuver cette dernière phrase.

« Ouais ! Il faut être complètement cinglé pour avoir des enfants.

– Fou à lier ! »

Ce fut Sajid, comme toujours, qui exprima le plus clairement l'opinion générale.

« Ils se baladent à longueur de journée avec ces vrais bébés sur les bras qui n'arrêtent pas de brailler et il faut tout le temps leur essuyer les fesses...

– Et pas seulement les fesses, interrompit Henry. Le nez aussi, m'a dit ma mère.

– C'est grotesque !

– C'est dégoûtant !

– Rien que d'y penser j'ai envie de vomir.

– Et en plus ils hurlent toute la nuit ! »

On entendit quelqu'un marmonner, au dernier rang ; Philip Brewster venant corroborer cette dernière affirmation :

« C'est tout ce que je lui ai dit, qu'il avait braillé toute la nuit. Et ses plombs ont sauté ! »

Sajid poursuivit son exposé.

« Et il y en a qui sont plus lourds que les nôtres. Celui de ma tante pèse douze kilos. Douze kilos ! Et il faut tout le temps le porter. Il ne sait pas encore marcher ! »

Wayne Driscoll intervint.

« C'est bien ce qui m'énerve chez eux. Ils ne savent pas marcher. Ils ne savent pas parler. Ils sont incapables de renvoyer un ballon ou de viser leur bouche avec leur cuillère.

– Ils sont casse-pieds sur toute la ligne !

– Finalement, Robin n'a pas eu tort de jeter le sien dans le canal.

– Et il peut s'estimer heureux, son bébé de farine, dit Tariq d'un air macabre. Autrefois, les gens les jetaient du haut d'une montagne.

– Ou ils les faisaient cuire et ils les mangeaient. »

M. Canson se sentit obligé d'intervenir.

« Non, George, certainement pas. On ne les faisait pas cuire et on ne les mangeait pas.

– Si, si, Monsieur, affirma George avec entêtement. Ça a le goût de porc. Je l'ai lu dans un livre. »

La clameur générale demandant plus d'informations fut presque couverte par les questions pressantes de chacun.

« Quel livre ?

– Tu l'as encore ?

– Je peux te l'emprunter ?

– Du porc ?

– Et frit ? Ça peut se manger frit ? »

M. Canson s'en mêla encore une fois pour remettre le débat de sa 4ᵉC sur les rails.

« Les gens qui ont des bébés ne sont pas tous fous à lier, leur dit-il. Chacun de vous pourrait choisir un jour d'en avoir un. Sans compter que beaucoup de gens ont des enfants par accident. »

M. Canson s'étonna de la sensation que fit cette remarque.

« Quelle horreur !

– Avoir un bébé par accident !

– Ça, ça ne m'arrivera jamais, jamais ! »

Bill Simmons était presque en larmes à cette idée.

« Rien que d'y penser, ça me donne des frissons. Un moment d'inattention et hop, en route pour l'enfer ! »

Gwyn était exactement de son avis.

« Toute ta vie gâchée par une erreur !

– C'est terrible ! »

Luis Pereira avait la réputation d'être celui de la classe qui connaissait le plus de filles. Il en profita.

« C'est pas forcément de votre faute, en plus », dit-il d'un air dramatique.

Consternation générale à l'idée que n'importe

lequel d'entre eux pouvait se retrouver avec un bébé sans avoir lui-même commis de faute. Pour la seconde fois en moins de trois semaines, un silence total s'empara de la 4eC.

Russ Mould se leva.

« Imaginez... »

Il ne trouvait pas ses mots.

M. Canson l'encouragea d'un regard.

« Oui, Russ ?

– Imaginez... »

Cette fois encore, Russ fut incapable de continuer.

M. Canson était perplexe. Les autres, en revanche, semblaient avoir moins de mal à interpréter le regard horrifié de Russ.

« Oui ! Oui ! Russ a raison ! Imaginez : vous êtes coincé...

– Avec quelqu'un...

– Et vous n'êtes pas très sûr...

– Il y a un risque.

– On peut toujours dire non », répondit vertueusement Wayne Driscoll.

Les autres semblaient satisfaits de cette suggestion.

« Ça, c'est vrai.

– Il n'y a qu'à dire non.

– Pas la peine de prendre des risques, ajouta solennellement Philip Brewster.

– Mieux vaut éviter les dégâts que de s'en mordre les doigts après.

– Tu te rends compte, un moment de faiblesse et ta vie ne t'appartient plus. »

M. Canson regarda ces visages inquiets, torturés à l'idée d'être confrontés aux épouvantables dangers se profilant dans l'avenir. Un seul élève semblait avoir échappé à ce vent d'angoisse, c'était Simon Martin. Simon regardait distraitement par la fenêtre en mâchonnant son stylo. Il n'avait pas ouvert la bouche pendant tout ce charivari. M. Canson était certain de comprendre pourquoi Simon ne s'était pas joint à la mise au pilori des bébés de farine. Il s'était tellement entiché du sien que son cas suscitait de chaudes discussions dans la salle des professeurs depuis plus de deux semaines. La moitié des professeurs insistaient sur le fait que le pauvre garçon avait vraiment besoin d'aller consulter un spécialiste, les autres se rangeaient à l'avis de M. Dupasque et de Mlle Arnott, qui pensaient que sa réaction était « assez saine » et qu'il fallait plutôt s'en féliciter que la déplorer.

Mais, à cet instant, à quoi pensait-il ? Qu'avait-il derrière la tête ?

M. Canson désigna le plus lettré de la classe, Russ Mould, pour lire les noms des copies et les rendre à leurs auteurs.

Puis, profitant de la pagaille qui s'ensuivit, il descendit de son bureau, fit le tour de la classe jusqu'à la table de Simon et lui demanda discrètement :

« Alors, on rêve ? »

Simon leva les yeux.

« Je pensais à mon père », dit-il.

M. Canson prit le temps d'étudier cette réponse. Il fallait être prudent. Ces temps-ci, certains parents échangeaient leurs conjoints comme des timbres de collection ou des porte-clés. Quelques jours plus tôt, il s'était arrêté derrière deux élèves qui travaillaient côte à côte et il en avait entendu un dire à l'autre très aimablement : « C'est toi qui as mon père, maintenant, non ? »

Oui, vraiment, il fallait faire très attention.

« En auriez-vous un nouveau dont je n'aurais pas encore entendu parler ? demanda-t-il poliment à Simon.

– Non, répondit-il. Je pensais à mon vrai père. Je me pose des tas de questions sur lui. Je pense à lui sans arrêt. »

M. Canson poursuivit, aussi prudemment que possible.

« Y a-t-il quelque chose qui vous tracasse en particulier ?

– Oui. Oui, dit Simon. Un truc que je voudrais vraiment savoir. »

M. Canson dut hausser la voix pour dominer le vacarme derrière eux.

« Quoi ?

– Ce qu'il sifflait. »

M. Canson ouvrit des yeux ronds.

« Ce qu'il sifflait ?

– Quand il est parti, expliqua Simon. Je veux savoir ce qu'il sifflait le jour où il est parti. »

M. Canson en resta bouche bée. Au bout d'un moment, il tapa affectueusement sur l'épaule de Simon.

« Désolé, mon grand, dit-il avec douceur. Ce n'est pas dans le programme. »

Il était sur le point d'ajouter, dans sa barbe : « Il n'y a pas grand-chose d'utile dans le programme de toute façon », mais il s'aperçut qu'il ne le pensait pas et que d'ailleurs ce n'était pas vrai. Ainsi, ils avaient beaucoup appris grâce au projet de la Kermesse scientifique. Le professeur Feltham avait raison. Ils savaient maintenant combien les responsabilités peuvent être pesantes et assommantes.

Ils savaient aussi comment ils y réagissaient. Le gentil petit Robin Foster avait découvert qu'il était capable de se mettre en colère. Sajid s'était aperçu (si ce n'était déjà fait) qu'il était doué d'un sens très développé des affaires. Enfin, c'était très clair pour eux tous désormais : s'ils avaient l'âge d'avoir des enfants, ils n'avaient pas encore celui d'être père.

Pour tous ?

Peut-être pas. M. Canson avait encore quelques doutes concernant Simon. Le pauvre garçon était assis, ses grandes jambes inconfortablement croisées sous son pupitre, jouant du bout du doigt avec le ruban gris du bonnet de son bébé de farine, plongé dans ses pensées moroses.

Pensait-il encore à son père ? Ou bien, comme la moitié des professeurs le croyaient, avait-il le cafard parce qu'il rêvait d'avoir un vrai bébé à lui ?

N'importe, il fallait que ça s'arrête. M. Canson n'avait jamais prétendu être un modèle de patience. Il décida à ce moment précis qu'il en avait assez. Après tout, il avait encore presque toute l'année à passer avec ce garçon. Il ne supporterait pas sa tête de six pieds de long et ses regards de chien battu. Jusqu'à présent, M. Canson n'avait jamais trouvé que faire la classe à la 4eC lui apportait beaucoup de compensations. Mais, maintenant, il s'apercevait que la plupart de ses élèves, même si ce n'étaient pas des lumières, faisaient au moins un effort pour rester de bonne humeur. N'y avait-il pas une vieille chanson de marin où il était question de « prendre courage » ?

« Je vais faire d'une pierre deux coups », se dit M. Canson.

Il se pencha, prit le bébé de farine sur la table et le cacha derrière son dos pour que Simon ne puisse plus le voir. Sûr d'avoir ainsi toute son attention, il lui dit :

« Je vais te dire ce que ton père sifflait. »

Surpris par le ton hautement confidentiel de M. Canson, Simon ouvrit de grands yeux.

« Quand il est parti, ton père sifflait "Levez l'ancre, matelots", lui dit-il avec une incroyable assurance. C'est ça qu'il sifflait, "Levez l'ancre, matelots". »

Il ne s'attarda pas, ne voulant pas laisser à Simon le temps de lui demander comment il le savait ou, pire, de siffler la mélodie ou de retrouver les paroles. Il se contenta de reposer le bébé de farine sur son pupitre et de traverser la salle de classe aussi vite que le lui permettait son embonpoint, sans même prendre le temps de séparer au passage deux élèves en train de se chamailler, ni de dire à Luis d'arrêter de gratter son pupitre.

Il ne s'arrêta qu'une fois arrivé à son bureau.

« Bon ! cria-t-il. Ça suffit pour aujourd'hui. Il est presque l'heure, alors fichez-moi le camp. Rentrez chez vous. »

L'épreuve habituelle eut lieu tout de même, mais à l'envers, cette fois.

« Mais Monsieur ! La cloche n'a pas sonné !

– Allez-y, Tariq. Allez, rentrez chez vous, tous, avant que je ne change d'avis. »

Il resta assis à contempler l'attroupement et le chahut. C'était toujours le même spectacle quand ils sortaient. Il remarqua que Simon n'était pas le premier à se précipiter vers la porte. Mais il n'était pas non plus le dernier. Son visage n'était plus soucieux. Il avait retrouvé ses forces.

Satisfait, M. Canson commença à ranger ses affaires dans sa serviette pour rentrer chez lui. C'était une bonne leçon pour la 4eC. Une très bonne leçon.

Contrairement à ce qu'il pensait – et alors que tout semblait contre lui –, il avait quand même réussi à en tirer quelque chose ce jour-là.

CHAPITRE 8

« S'il te plaît, chante, dit Simon.

– Pas question. (La mère de Simon se tourna pour donner un coup de torchon à Macpherson qui était en train de piétiner le bébé de farine.) Tu sais bien que je ne sais pas chanter.

– Je ne vais pas te noter, dit Simon pour la rassurer. Je veux juste entendre les paroles et apprendre l'air.

– Je ne me souviens plus de toutes les paroles. Et je ne suis même pas sûre de l'air.

– S'il te plaît, insista Simon. Essaie. »

Alors Mme Martin essaya. Elle s'essuya les mains, s'appuya sur l'évier et, tandis que Simon berçait son bébé de farine et que Macpherson se mettait à pousser de petits jappements de jalousie, elle chanta, aussi bravement qu'elle put.

« *Hissez les voiles et levez l'ancre, matelots,*
Sous le soleil et le grand vent allons voguer… »

Elle s'arrêta.

Simon leva les yeux.

« Qu'est-ce qui se passe ? lui demanda-t-il. Tu as un problème ?

– Je ne me souviens plus de la suite. »

Simon soupira, exaspéré.

« Tu n'as même pas chanté un couplet entier. »

Mme Martin jeta son torchon sur Macpherson, qui avait profité de l'arrêt momentané des bras de Simon pour mordiller subrepticement un coin du bébé de farine.

« Eh bien oui, je ne me souviens que de la moitié du premier couplet !

– Lamentable », dit Simon.

Il avait l'air tellement triste que Mme Martin eut de la peine pour lui.

« La suite me reviendra peut-être », lui dit-elle pour le consoler.

Mais Simon ne pouvait pas attendre.

« J'ai une idée, dit-il, on va appeler Sue. »

Il posa précipitamment le bébé de farine sur une chaise et se précipita vers le téléphone.

Mme Martin secoua la tête.

« Pourquoi veux-tu que Sue connaisse les paroles ? » lui demanda-t-elle.

Il n'osa pas lui dire le fond de sa pensée : si

c'était la chanson que son père sifflait lorsque Sue l'avait vu pour la dernière fois, il y avait des chances pour qu'elle s'en souvienne un peu.

Il passa le téléphone à sa mère.

« Appelle-la et demande-lui.

– Ne sois pas ridicule, Simon », dit Mme Martin.

Elle se baissa pour arracher le bébé de farine de la gueule de Macpherson au moment où celui-ci tentait d'entrouvrir la porte pour s'enfuir.

« Je ne vais pas appeler Sue pour lui demander de chanter par téléphone.

– Pourquoi pas ? »

Mise à l'épreuve. Mme Martin eut beau chercher, elle ne trouva rien à répondre. Et, tandis que Simon prenait un slip sur le tas de linge sale pour essuyer la bave de Macpherson sur son bébé de farine, elle composa le numéro.

Sue ne sembla pas trouver tellement étonnant qu'on lui demande de chanter au téléphone. Avant même de prendre le combiné des mains de sa mère pour écouter, Simon l'entendit chantonner :

« *Je laisse ici tous mes chagrins et mes fardeaux*
Et jure que jamais ne viendrai les rechercher… »

Puis, exactement comme avait fait sa mère, Sue s'arrêta net.

« Je ne me souviens plus du refrain, dit-elle. Ça parle de l'aube et de garder courage. »

Sous le regard menaçant de sa mère, Simon fit un effort pour transformer son hurlement de dépit en un grognement de remerciement. Il raccrocha et, dans sa fureur, donna un grand coup de poing dans la porte de la cuisine, qui s'ouvrit violemment. Comme sa mère le regardait toujours, il se sentit obligé de sortir.

Dans la cour, Hyacinthe Spicer, gracieusement assise sur une bassine retournée, était en train de teindre ses sandales en vert. Hyacinthe connaît sûrement toute la chanson, se dit Simon, toujours maussade. Elle a dû l'apprendre chez les Jeannettes, la réviser chez les Joyeux Pinsons et improviser dessus à la chorale de l'église baptiste. Mais il aurait préféré être jeté dans un chaudron d'huile bouillante plutôt que de demander un service à Hyacinthe Spicer. Il la soupçonnait déjà d'être un des mouchards de M. Canson : une dilettante avertie devenue une professionnelle. Il était sur le point de faire demi-tour et de rentrer lorsque Hyacinthe aborda elle-même la question.

« Qu'est-ce qu'elle chantait, ta mère ? » lui demanda-t-elle. Puis, tout en étalant soigneusement de la teinture sur une lanière de sa sandale : « Elle ne chante pas très bien, hein ? »

Simon eut une idée. Il pouvait toujours essayer.

« C'est dur à chanter », dit-il.

Hyacinthe leva les yeux, l'air surpris.

« Dur ? Pas du tout.

– Ah, si, insista Simon. Surtout le refrain.

– Moi je te dis que c'est facile comme tout ! »

Toujours prête à faire l'intéressante depuis le jour où, à l'école maternelle, Mlle Ness avait épinglé sur son pull une énorme étoile de Bethléem en papier d'aluminium, Hyacinthe bomba le torse et se mit à chanter :

« *Je pars vers une aube pleine de nouveautés,*
Adieu, vous que j'aime, et surtout gardez courage,
D'autres se rangent pour pouponner leurs
[*nouveau-nés*… »

Juste à ce moment, elle baissa les yeux et s'aperçut que la teinture gouttait sur ses sandales.

« Oh, mer… credi ! »

Simon voulut l'inciter à chanter ce qu'il pensait être, d'après les mouvements de la mélodie, la dernière phrase du refrain, celle qu'il attendait tellement.

« Je parie que tu t'es arrêtée exprès, dit-il.

Parce que c'est la fin de la chanson et que c'est le plus dur à chanter. »

Mais, maintenant, Hyacinthe Spicer se fichait éperdument de ce jeu. Elle était tout occupée à éponger sa sandale.

« Fiche le camp, Simon », lui dit-elle, juste assez bas pour que l'un et l'autre puissent faire semblant de croire que Simon n'avait pas entendu.

Simon rentra. Fermant soigneusement la porte pour que Hyacinthe Spicer ne puisse pas l'entendre, il chanta à sa mère ce qu'il connaissait du refrain. Mais, bien qu'elle prétendît alors, et plusieurs fois ensuite ce soir-là, qu'elle avait le dernier couplet sur le bout de la langue, elle fut incapable de le chanter.

Le lendemain matin, Simon eut l'impression d'avoir subi toute la nuit le supplice de la goutte d'eau.

« J'en peux plus, dit-il à sa mère pendant le petit déjeuner. Ça me rend dingue.

– Tu n'as qu'à aller gentiment trouver Hyacinthe. Elle te le chantera, le dernier couplet. »

Simon lui fit une affreuse, une abominable grimace.

Mme Martin haussa les épaules.

« Alors, il faudra que tu demandes à M. Canson. »

Demander à M. Canson ! Simon enfourna une énorme cuillerée de céréales et se servit de cette même cuillère pour donner de petits coups à sa poupée de farine.

« Tout ça c'est de ta faute », lui dit-il.

Et il le pensait. Il se rendait compte que, sans elle, il n'aurait jamais commencé à s'intéresser à son père et à ce qui s'était passé autrefois. Sans ce sac de farine avachi, inutile et stupide, il ne se serait jamais retrouvé dans cette situation honteuse d'avoir envie d'aller à l'école pour apprendre quelque chose, comme un chiadeur.

Il poussa à nouveau son bébé de farine avec sa cuillère. Cette fois, quelques gouttes de lait colorées en marron par les céréales atterrirent sur son front.

« Tu vas te faire sonner les cloches ! lui dit sa mère en riant. Regarde cette pauvre petite. De la bave, des marques de crocs, des taches de lait. Et tout ça en cinq minutes.

– Mais non, elle est très bien, coupa Simon. (Il la houspilla encore un petit coup.) Hein, c'est vrai ? »

Son bébé de farine ne le contredit pas. Mais en le regardant de plus près lorsqu'il le fourra dans son cartable, Simon dut bien reconnaître qu'il n'était pas vraiment en état de passer à la pesée bihebdomadaire. Non seulement il avait nettement noirci au cours des derniers jours, mais il était déchiqueté aux quatre coins et, en bas, il y avait un petit trou par lequel il fuyait.

Simon lui lança son regard spécial, celui qui obligeait Mlle Arnott à se précipiter sur son tube d'aspirine. Comment cette chose qui n'était même pas capable de marcher pouvait-elle se mettre dans un état pareil ? Quelle emmerdeuse !

Sa mère lui tendit un sac en plastique.

« Tu ferais mieux de prendre ça pour elle. La météo annonce de la pluie. »

Il aurait pu rétorquer que la pluie la nettoierait un peu ou compenserait les quelques grammes qu'elle avait perdus par ce petit trou. Mais franchement, ça lui était égal. Il en avait par-dessus la tête de tout ça.

Il enfourna les dernières cuillerées de céréales dans sa bouche déjà archipleine, émit un son étouffé, en espérant que sa mère aurait la gentillesse de prendre ça pour un au revoir, et attrapa d'un seul geste ses affaires d'école et son bébé de farine.

Mme Martin se posta fermement devant la porte d'entrée.

« Au revoir, Simon », dit-elle avec insistance.

La bouche toujours pleine, il poussa un nouveau grognement.

Elle ne bougea pas d'un pouce.

« Au revoir, Simon », répéta-t-elle patiemment.

C'était le carton jaune, il le savait.

Il était là, debout comme un grand benêt, faisant un effort pour mâcher et avaler son énorme bouchée de céréales.

Puis :

« R'voir, M'man. »

Elle sourit enfin et le laissa partir. Il descendit l'allée à toute vitesse, laissant la porte battre sur ses gonds. C'est quand même curieux, se dit-il, que les parents, comme les profs, insistent pendant des années et des années sur des trucs aussi bêtes que de dire au revoir ou merci. Il se demandait vraiment comment ils faisaient. Ça l'aurait rendu fou en moins d'une semaine. Tous les matins, c'était le même numéro avec sa mère : vider sa bouche et dire au revoir correctement. Tous les matins avant d'aller à l'école ! C'est-à-dire cinq fois par semaine, treize semaines par trimestre, trois trimestres par an. Chaque année. Combien de fois, au total ? Des millions, au moins. Comment faisait-elle pour se poster tous les jours au même endroit et rejouer la même scène sans avoir envie de l'étriper ? Lui, il n'aurait pas pu. Il n'était pas moins patient qu'un autre, mais s'il avait dû rappeler à son bébé de farine plus de douze fois de suite de ne pas laisser la porte de derrière grande ouverte, de bien fermer le robinet d'eau chaude ou de ne pas parler la bouche pleine, il aurait fini, comme Foster, par le jeter purement et simplement dans le canal. C'était peut-être la raison pour laquelle son père était parti : parce que, comme Simon, il avait compris tout de suite qu'il n'était pas fait pour ça.

En arrivant au bout de Wilberforce Road, Simon se mit à chanter à tue-tête : « *D'autres se rangent pour pouponner leurs nouveau-nés…* » lorsque, en tournant le coin de la rue, il se cogna dans Wayne Driscoll accroupi devant le caniveau et tomba.

« Qu'est-ce que tu fabriques ? » lui demanda Simon, sidéré, en se relevant.

Il n'en croyait pas ses yeux : Wayne était en train de gratter le fond du caniveau pour recueillir de la boue qu'il faisait dégouliner entre ses doigts et couler dans son bébé de farine par un petit accroc ménagé dans la toile.

Wayne, au maximum de sa concentration, avait les sourcils tout froncés.

« Tiens-le-moi droit, Sim. Je n'arrive pas à faire entrer la boue. »

Simon s'agenouilla devant le caniveau et prit le bébé de farine des mains de Wayne.

« Tu n'as qu'à agrandir le trou ! suggéra-t-il.

– Oh, génial comme idée, Sim ! Comme ça le Vieux Canasson aura une raison de plus de m'engueuler ! »

De sa main libre, Simon sortit son bébé de farine de son cartable.

« Tu sais, moi aussi je suis mal parti, dit-il. Le mien est encore pire que le tien. »

Wayne leva un instant les yeux pour regarder le bébé de farine de Simon.

« Oh là là, Sim ! Quel sac de crasse ! Qu'est-ce que tu vas prendre !

– Non, je ne crois pas », répondit Simon, confiant.

Mais très vite le doute l'envahit et assombrit son visage. Son bébé de farine était vraiment dans un piteux état. Comment en était-il arrivé là ? Comment avait-il pu se salir à ce point en si peu de temps ? Un jour, Simon était la star du projet des bébés de farine, et des professeurs qu'il connaissait à peine le saluaient gentiment dans les couloirs. Le lendemain il se baladait avec un sac de farine aux coins tout déchiquetés, plein d'accrocs et de taches. Que s'était-il passé ?

« Tu n'aurais jamais dû laisser Hooper et Phillips s'en servir comme borne de terrain de foot », lui dit Wayne.

Simon se défendit de son mieux.

« Ça, c'était rien. Le pire c'est quand j'ai taquiné le chat de Hyacinthe Spicer avec.

– Moi, je trouve que les coins déchiquetés se voient plus que les accrocs, remarqua Wayne assez indifférent.

– C'est Macpherson, dit Simon d'un air penaud. Depuis le premier jour, il a une dent contre mon bébé de farine.

– Qu'est-ce que c'est que ces taches noires ?

– Il est tombé dans la cheminée.

– Et ces traces de brûlé ?

– Oh, ça, c'est ma faute, admit Simon. Un matin je l'ai posé sur le grille-pain en faisant des toasts.

– Et tous ces trucs, derrière ? »

Simon le retourna pour l'examiner.

« De la colle, dit-il. Du caramel. De la boue. De la bave séchée. De la sauce de poulet... »

L'énumération aurait pu durer longtemps. Mais Wayne l'interrompit.

« Bon, il faut y aller, Sim. »

Certain qu'au moins il ne serait pas le cas le plus grave lors de l'inspection du matin, Wayne entraîna Simon vers le collège. Quand ils arrivèrent au rond-point, Simon entreprit d'expliquer à Wayne le problème qu'il avait avec son bébé de farine.

« Je ne suis pas fait pour ça, tu vois. Au début, j'ai cru que ça irait. Mais je m'étais trompé. Il y a des gens qui sont doués pour prendre soin des choses. D'autres non. Je suppose que je fais partie de la deuxième catégorie. Comme mon père. »

Wayne le regarda avec curiosité et Simon se rendit compte que c'était la première fois qu'il parlait de son père à son meilleur copain. Mais il continua.

« Il n'était pas plus doué que moi pour ça, c'est évident. Peut-être qu'il y a des gens qui ne peuvent pas. Ils sont comme ça et on ne peut pas leur en vouloir. »

Comme d'habitude, il se jeta sans crainte dans le flot de voitures qui ralentissaient de mauvaise grâce.

« C'était pas le genre à se ranger et à pouponner des nouveau-nés », hurla-t-il pour couvrir le bruit de la circulation.

Comme d'habitude, Wayne se précipita derrière lui, en hochant poliment la tête à l'attention des automobilistes que Simon obligeait à freiner brutalement.

« Pas le genre à quoi ? »

Mais Simon était déjà de l'autre côté et s'apprêtait à traverser exprès la pelouse vers les bâtiments du collège. Il y avait une dernière chose qu'il voulait trouver, une dernière clé au mystère de la disparition de son père. Une chose qu'il avait absolument besoin de savoir.

« Mlle Arnott ! Mlle Arnott ! »

Elle se retourna aussitôt.

« Oui, Simon ? »

À son grand étonnement, il se mit à chanter sans aucune gêne de cette voix de ténor solide et vibrante qu'elle avait souvent entendue à la chorale du matin sans savoir que c'était celle de Simon.

« *Hissez les voiles et levez l'ancre, matelots.*

– Simon ?

– *Sous le soleil et le grand vent allons voguer...* »

Essayait-il de s'affirmer ?

« Je suis pressée, Simon », lui dit-elle en guise d'avertissement.

Mais, comme elle, il accéléra le pas, tout en continuant à chanter à pleine voix.

« Je laisse ici tous mes chagrins et mes fardeaux
Et jure que jamais ne viendrai les rechercher. »

Sans cacher son impatience, elle s'engagea dans l'allée qui menait à la porte de la salle des professeurs. Ignorant totalement le règlement et la petite pancarte en bois « Accès strictement réservé au personnel », Simon la suivit en chantant toujours à tue-tête.

« Je pars vers une aube pleine de nouveautés,
Adieu, vous que j'aime, et surtout gardez courage.»

Mlle Arnott stoppa net. Elle n'avait jamais rencontré ce problème-là avec Simon. Il pouvait être maussade ou mal luné. Franchement pénible, quelquefois. Mais elle devait reconnaître que jamais depuis qu'elle connaissait ce garçon elle ne l'avait vu vraiment désobéissant. Que faire ? Le prendre à part et lui parler ? L'ignorer complètement ? Chaque chose en son temps, se dit-elle. D'abord, voir qui était là.

Elle leva les yeux et aperçut, dans l'encadrement de la fenêtre de la salle des professeurs, M. Canson qui soufflait de la fumée par les rideaux entrouverts. En cachette, il finissait sa dernière cigarette avant d'aller en cours.

Il fit un petit signe à Mlle Arnott puis, prenant son regard indécis pour un regard suppliant, il ouvrit la fenêtre à guillotine pour sermonner Simon, qui avait osé pénétrer en territoire interdit. C'est alors qu'il l'entendit chanter de toute la force de sa voix :

« … et surtout gardez courage. »

Gardez courage ? Cette bribe de chanson lui rappelait quelque chose. M. Canson ne put s'empêcher de regarder Simon avec un mélange de plaisir et de fierté. La belle affaire que la psychologie ! Ce gamin était la preuve vivante que rien ne valait les bonnes vieilles méthodes dictées par le bon sens. Il fallait voir comme il avait changé ! Un jour il tournait en rond comme une âme en peine, complètement amoureux de cet infâme sac de farine. Il avait suffi que son vieux professeur lui glisse à l'oreille une parole sage pour qu'il redevienne normal (enfin, normal pour lui, évidemment) et que, de sa plus belle voix, à pleins poumons, il se mette à faire la cour au seul vrai grand amour de sa vie, la divine Mlle Arnott.

« *D'autres se rangent pour pouponner leurs nouveau-nés…* » La voix chaude et tonitruante de Simon prit toute sa résonance sur la pelouse.

La pause qui suivit dura un peu trop longtemps. M. Canson pensa au supplice chinois de la goutte d'eau.

N'y tenant plus, il ouvrit la fenêtre encore plus grande, se pencha et chanta, de cette belle voix de baryton qu'il utilisait parfois pour leur faire reprendre le bon rythme à la chorale du matin :

« *Mon cœur est un navire appelé au grand large.* »

Simon tomba à genoux, épuisé. Mlle Arnott prit la fuite. Et Wayne accourut :

« Qu'est-ce qu'il hurlait, le Vieux Canasson ?

– *Mon cœur est un navire appelé au grand large.* »

Wayne fronça les sourcils.

« Qu'est-ce que ça peut vouloir dire ? »

Simon leva les yeux pour demander à M. Canson. Mais trop tard. Satisfait d'avoir retrouvé les paroles de cette belle chanson de marin, M. Canson avait écrasé sa cigarette, fermé la fenêtre et disparu.

Comme il l'avait prouvé maintes fois sur un terrain de football, Wayne était quelqu'un d'incroyablement persévérant.

« Je ne vois pas comment un cœur peut être un navire, insista-t-il.

– Qu'est-ce que j'en sais, moi, coupa Simon. Il va falloir demander à quelqu'un.

– À qui ? »

Wayne regarda autour de lui. La seule personne en vue était Martin Simon, qui faisait les cent pas dans l'allée en lisant *la Quête du Saint-Graal.*

« Demande-lui. C'est un chiadeur. Il doit savoir. »

Le visage de Simon s'illumina. Mais oui, Martin Simon devait savoir. Un type qui passait son temps à lire de la poésie – souvent en anglais, en plus – n'aurait aucun mal à traduire en français normal une strophe de chanson un peu bizarre.

Simon se releva et marcha sur la pelouse jusqu'à ce qu'il se trouve juste en face de Martin. Il avança un pied et attendit calmement que Martin trébuche dessus et que *la Quête du Saint-Graal* lui tombe des mains.

« Pardon, dit Simon, en se penchant pour ramasser son livre et le lui tendre.

– Merci », dit Martin avec méfiance.

Mais Simon estimait qu'en se baissant pour ramasser le livre, il avait déjà prouvé sa bonne foi. Inutile de faire preuve de plus de tact.

« Écoute, lui dit-il. Toi qui es un chiadeur et qui lis de la poésie, qu'est-ce que ça veut dire quand quelqu'un dit qu'il est un navire ? »

Martin hésita. C'était peut-être le début d'une mauvaise plaisanterie. Mais, d'un autre côté, Simon avait l'air sérieux et déterminé. On aurait dit que, comme le Galaad de son livre, il était en quête de quelque chose.

« Un navire ?

– Oui, un navire. »

Tandis qu'il attendait la réponse, Simon se disait que, tout de même, ces chiadeurs étaient corrects. Si quelqu'un était venu lui poser à lui une question comme celle-là, il l'aurait envoyé promener. Mais Martin ne semblait trouver ni bizarre ni vexant qu'on lui pose une question sur une phrase qui était peut-être extraite d'un poème. Il ôta simplement ses lunettes et les essuya tout en réfléchissant, puis il demanda :

« Qu'a dit exactement cette personne ? »

Inutile de tourner autour du pot, se dit Simon. Il se redressa et se mit à chanter à pleine gorge :

« *D'autres se rangent pour pouponner leurs*
[nouveau-nés,
Mon cœur est un navire appelé au grand large. »

Le regard perplexe de Martin s'éclaira aussitôt.

« Eh bien, manifestement, il s'agit d'une métaphore, commença-t-il. Le protagoniste a choisi d'utiliser l'analogie du... »

Il s'arrêta, d'abord sous l'effet de la terreur et aussi parce que Simon venait de le saisir à la gorge et qu'il ne pouvait plus respirer.

« Je ne t'ai pas demandé une conférence, lui dit

fermement Simon. Je veux juste savoir ce que ça veut dire. »

Il retira sa main et attendit.

Martin Simon reprit.

« Ce que ça veut dire, dit-il, c'est que cette personne doit partir. Comme un navire dont les voiles sont hissées doit partir poussé par les vents, alors cet homme sait que le moment est venu, même s'il a très envie de rester, c'est le genre d'individu qui, à cause de son caractère, de son tempérament, est obligé de partir. Il n'a pas le choix. »

Simon leva la tête vers le ciel. Ses yeux pétillaient. Il avala sa salive.

« Pas le choix ? »

Martin dit fermement :

« Absolument pas. C'est comme ça, avec les gens comme lui. »

À ce moment, Wayne intervint pour demander à Martin d'un air soupçonneux :

« Comment tu peux en être aussi sûr ?

– C'est dans les mots, expliqua Martin patiemment. C'est ce que ça veut dire.

– Mais comment tu le sais ? »

Ce fut Simon qui vint au secours de Martin en remettant Wayne à sa place.

« Écoute, lui dit-il, toi et moi, on sait jouer au

foot et rigoler ensemble, d'accord ? Et Martin, c'est un chiadeur. Il est nul en foot. Il ne serait même pas capable d'envoyer un noyau de pêche dans une bouche d'égout. Mais il connaît les trucs comme les chansons et la poésie. »

Il se tourna vers Martin.

« C'est pas vrai ? »

Martin acquiesça.

« Bon », dit Simon. Et, comme la discussion sur les connaissances et les lacunes culturelles avait apparemment tourné court : « Eh bien, merci beaucoup. »

Spontanément, il tendit la main droite. Pendant un court instant, Martin se demanda bien pourquoi, puis il comprit que Simon voulait lui serrer la main.

« Pas de quoi, s'empressa-t-il de répondre. Je suis à ton service.

– Merci, dit Simon. Ce sera tout. Je crois que ça va aller, maintenant. »

Et Martin ne put s'empêcher de penser encore une fois qu'il y avait chez Simon quelque chose de mystérieux, il était entouré d'une sorte d'aura. On aurait dit que, comme Galaad, il avait eu une vision du Saint-Graal et que son cœur en était apaisé.

Chapitre 9

Mlle Arnott fouillait nerveusement dans son sac pour trouver son tube d'aspirine.

« Ça fait trois fois qu'il passe devant cette porte en chantant à tue-tête. (Elle se tourna vers M. Spencer qui, penché sur ses livres de chant, gommait les notes noircies au crayon pour qu'elles redeviennent des blanches.) Vous ne pourriez pas leur apprendre des chansons moins bruyantes ? »

Sans lever les yeux de son opération de sauvetage, M. Spencer se défendit le plus calmement du monde.

« Ce n'est pas moi qui lui ai appris celle-ci. Et, de toute façon, ça ne ferait aucune différence. Les 4^e^C vous chantent une berceuse comme si c'était un hymne guerrier. Je n'y peux rien. Estimez-vous heureuse que ce garçon ait une belle voix. »

Mlle Arnott jeta un deuxième cachet dans son verre d'eau.

« Vous parlez d'une pause, marmonna-t-elle amèrement. C'est juste une autre forme de souffrance. (Elle leva la tête.) Il revient ? Ah non, je n'en peux plus, moi. Mais pourquoi passe-t-il son temps à aller et venir comme ça dans ce couloir ? »

M. Henderson arrêta de tourner son café pour lui dire :

« Si c'est de Simon Martin que vous parlez, le professeur Feltham l'a chargé de transporter sur son stand, à la Kermesse scientifique, le Passage clouté contrôlé par ordinateur de Nimmo et Smith. Pour une fois qu'il fait ce qu'on lui demande !

– Et on lui a demandé de faire ça en hurlant des chansons de marins ?

– Voulez-vous que je lui demande de baisser d'un ton ? » proposa M. Henderson en passant sa tête par la porte de la salle des professeurs.

Mais ce n'était plus la peine. M. Canson arrivait à l'autre bout du couloir.

« Simon Martin ! hurla-t-il, sapant net l'enthousiasme du jeune ténor. Pourquoi n'êtes-vous pas avec nous à la pesée ? »

Simon, les bras chargés d'oscilloscopes, s'immobilisa.

« Je transporte du matériel pour le professeur Feltham, M'sieur, répondit-il avec l'assurance de celui qui se sait protégé par l'autorité. C'est pour la Kermesse scientifique. »

Le visage de M. Canson vira au gris. La Kermesse scientifique ! Elle ne commençait que dans une semaine et déjà elle lui sortait par les yeux, la Kermesse scientifique ! Tout le trimestre était perturbé par cette affaire. Tous les autres collèges repoussaient ce bazar organisé à la dernière semaine de l'année. Pourquoi pas le professeur Feltham ? Pour qui se prenait-il, à la fin ?

M. Canson eut tout à coup envie de se mutiner. Avant qu'il puisse se retenir, un chapelet de mots propres à écorcher la bouche de n'importe quel professeur s'échappa de ses lèvres, résonnant à tous les échos dans le couloir. Simon lui-même en fut choqué. Non pas qu'il n'ait jamais utilisé personnellement un langage aussi cru. Il avait même dit bien pire. Et assez souvent. Mais que le Vieux Canasson, écumant de rage, laisse échapper un tel flot de jurons ! Tout de même !

Simon regarda son professeur, très impressionné.

« Quant à vous, acheva M. Canson en regardant Simon de ses yeux de braise, vous posez cette pile de cochonneries et vous retournez dans la classe pour la pesée.

– Oui, Monsieur. »

Simon posa par terre les oscilloscopes et le générateur d'ondes à curseur digital de Wishart, et suivit docilement son professeur qui repartait d'un pas militaire vers l'autre bout du couloir.

« Non mais sans blague », marmonna M. Canson. Que Simon garde courage comme dans la chanson, très bien, pensa-t-il, mais il faut toujours que ça aille trop loin, avec lui, comme tout dans ce collège, d'ailleurs.

Sa mauvaise humeur ne l'avait pas quitté quand il arriva dans sa classe.

« Bon ! cria-t-il en franchissant le pas de la porte juste à temps pour prendre Philip Brewster en train de s'exercer au saut en hauteur par-dessus les landaus de Sajid. Ça suffit, maintenant. J'en ai assez ! Poussez-moi ce bahut dans le coin et mettez-vous en rang avec vos petits sacs de farine. Je vais les prendre et les rendre au professeur Feltham.

– Les rendre ? »

M. Canson se méprenait complètement sur la nature de leur étonnement et de leur déception.

« Oui, je les rends. Je sais que c'est quatre jours

trop tôt, mais vous n'aurez qu'à passer ce temps-là à mettre à jour vos comptes rendus.

– Mais…

– Il n'y a pas de mais, gronda M. Canson. Prenez vos bébés de farine, s'il vous plaît. Tout le monde. »

Il se posta à côté de la balance.

« Qui veut commencer ? »

Du silence abasourdi qui suivit, il conclut que personne ne voulait passer le premier.

« Vous, George ? »

George était trop stupéfait pour pouvoir même secouer la tête.

« Henry ? »

Henry regarda les autres pour tenter de comprendre d'où venait l'erreur, mais, voyant qu'il se détournait, M. Canson s'impatienta.

« Et Rick ? Pas là, évidemment. Vous, alors, Russ ? Êtes-vous prêt à rendre votre sac de farine ? Une dernière pesée et vous vous en débarrassez pour toujours. Qu'en dites-vous ? »

Russ, qui était en train d'enlever les poils de chat collés à son bébé de farine, releva la tête. Il ne se rendait pas compte que, maintenant, tous les élèves avaient les yeux rivés sur Simon Martin. Tous attendaient de lui, qui le premier avait vanté les mérites de cette expérience, qu'il anime son visage figé et verdâtre pour leur donner quelques éclaircissements sur l'issue de ce malentendu. Revenant à ses poils de chat, Russ demanda simplement :

« Et la grande explosion ? »

M. Canson ouvrit de grands yeux.

« La grande quoi ?

– La grande explosion. (Russ leva les yeux vers lui.) Simon nous a dit que, le dernier jour, il y aurait une grande explosion. Qu'on allait tous déchiqueter nos bébés de farine.

– Les déchiqueter ? »

M. Canson avait du mal à garder son sérieux.

« Déchiqueter les bébés de farine ? Et vous l'avez cru ? »

Il les regarda un par un et vit leurs mines déconfites.

« Mais oui ! déclara-t-il. Vous l'avez cru ! »

Il se tourna vers Simon, dont la stupéfaction se transformait en un sérieux embarras.

« Vous avez réussi à les convaincre que, le dernier jour, ils allaient chahuter dans cinquante kilos de farine blanche ? »

Simon fit signe que oui.

M. Canson étendit les bras.

« Ici, dans ma salle de classe ? »

Simon acquiesça de nouveau.

Puis, très lentement, comme s'il était envahi par des secousses telluriques, M. Canson commença à glousser. Lorsqu'il s'agrippa aux bords de son bureau pour se stabiliser, son gloussement s'amplifia. Les gloussements devinrent des hennissements. Les hennissements engendrèrent un gigantesque rire. Et ce gigantesque rire donna lieu à un véritable séisme d'hilarité. Des larmes de joie coulèrent de ses yeux. Le bureau bascula et se renversa. Les fenêtres se mirent à trembler et, dans la salle d'à côté, Mlle Arnott eut peur pour les tableaux qu'elle avait aux murs.

M. Canson pointa un doigt vers Simon.

« Vous… vous… »

Pendant un long moment, il fut incapable d'en dire plus.

« Vous leur avez dit qu'ils allaient crapahuter dans cinquante kilos de farine blanche, dans ma classe ! »

Il plongea la main dans la poche de sa veste et en sortit son grand mouchoir à pois. Il s'essuya les yeux.

« Et ils vous ont cru ! »

Comme il continuait à rire comme un bossu, il

tomba de son bureau et se retrouva par terre. L'estrade vacilla. Le bureau bascula en arrière, brisant en deux la grande règle en bois à embouts métalliques : une moitié resta coincée sous le bureau, l'autre s'envola vers le plafond où elle toucha le plafonnier.

BAOUM ! ! !

Il y eut une grande explosion. Il y eut une pluie d'étincelles et de verre cassé au milieu de la classe. Les cris d'étonnement et de ravissement étaient étouffés sous les sifflements et les crépitements du circuit électrique qui rendait l'âme.

Le silence qui suivit était presque palpable. Puis :

« Vous voyez bien que Simon avait raison », dit Robin loyalement.

Loyalement aussi, il alla avec Simon chercher le balai et la pelle. Ils balayèrent ensemble les éclats de verre dont ils firent un petit tas derrière la porte et remirent sur pied le bureau de M. Canson.

M. Canson ajusta la balance.

« Allons, dit-il. La plaisanterie a assez duré. »

Il pointa le doigt vers Russ, le plus proche de lui.

« Donnez-moi votre bébé de farine. »

Ne sachant que faire d'autre, Russ passa son bébé de farine à M. Canson, qui le posa sur la balance.

« Pas mal, Russ. Il n'a perdu qu'un tout petit peu de poids et, à part les poils de chat, il est presque présentable. Bravo ! »

M. Canson laissa tomber le bébé de farine dans le grand sac de plastique noir qu'il avait préparé à cet effet.

« Et d'un ! » lança-t-il, visiblement ravi.

Il pointa à nouveau son index.

« Gwyn. »

Gwyn jeta un coup d'œil à Sajid qui, en haussant les épaules, plongea le bras dans sa crèche ambulante pour y prendre le petit sac de farine de Gwyn.

« On va faire les comptes, hein ? » dit Sajid très gentiment, en tenant ostensiblement le bébé de farine de Gwyn au-dessus des chaussures de sport toutes crottées de Philip Brewster.

Les affaires sont les affaires, comme toujours.

Gwyn se renfrogna, mais fouilla au fond de ses poches, où il trouva juste de quoi payer sa dette.

« Voilà », dit-il amèrement en donnant son bébé de farine à M. Canson.

Celui-ci lâcha négligemment le bébé de farine sur le plateau de la balance.

« Parfait ! s'exclama-t-il. En plein dans le mille. »

Et il le jeta gaiement dans le sac-poubelle.

« Suivant ? »

Avant qu'il ne soit trop tard, Sajid décida de saisir sa chance et d'obliger ses créanciers les plus récalcitrants à régler leurs dettes sur-le-champ. Il fouilla dans sa crèche et en extirpa le bébé de farine de Luis Pereira. Acceptant sa défaite avec autant de grâce que possible, Luis paya et apporta le sac de farine à M. Canson, qui le pesa.

« Celui-ci a pris du poids », dit-il.

Mais il remarqua les sandwichs que la mère de Luis avait attachés sur son dos.

« Ah non, rectifia-t-il en les détachant et en repesant le sac. Juste dans les limites. Tout juste. »

Une vague acclamation accueillit cette nouvelle. La déception générale commençait à s'estomper. Un par un, les élèves de la 4^{e}C avaient compris que, même s'il n'était pas question de déchiqueter les bébés de farine, ils se vengeraient sur Simon. Ils profitaient déjà de la torpeur glacée qui paralysait Simon pour le huer et le menacer.

« Une grande explosion, hein, Sim ?

– Tu vas voir à la récré !

– On va te faire exploser la tête. Et en grand ! »

M. Canson poursuivit sa pesée en essayant d'ignorer les ondes de méchanceté et de malveillance qui circulaient autour de lui. Même le fait qu'ils soient tous d'aussi mauvaise humeur ne pouvait l'empêcher de se sentir de plus en plus gai. Chaque fois qu'il appelait un nom et jetait un sac de farine dans la grande poubelle noire, il se sentait un peu plus léger.

« Qui encore ? demanda-t-il. Bill Simmons, vous me l'avez donné ? Oui ? Wayne, alors. »

Wayne amena son bébé de farine en première ligne.

« Il m'a l'air bien maigre », dit M. Canson en fronçant les sourcils.

Il le jeta sur la balance. La petite flèche métallique fit de son mieux mais, après avoir désespérément vacillé, elle ne parvint pas à dépasser la moitié de la graduation.

« Trois livres et deux cents grammes ! (M. Canson n'en croyait pas ses yeux.) Trois livres deux cents, c'est tout ! Est-ce que vous vous rendez compte que votre truc a perdu presque la moitié de son poids ? »

Wayne avait une mine tellement dépitée que même M. Canson préféra passer au suivant.

Il n'en restait plus qu'un.

« Simon ? »

Simon resta assis, immobile.

M. Canson leva les yeux.

« Simon », répéta-t-il.

Mais Simon ne bougea pas d'un pouce. Ce garçon n'est pas bien du tout, se dit M. Canson. Et pas seulement à cause de l'hostilité des autres. Jusqu'à présent, il a toujours été, et de loin, le plus fort de la classe. Et il n'a jamais eu peur de rien. Dans les bagarres, il les laissait tous sur le carreau, sans problème. Alors pourquoi diable a-t-il l'air si misérable ? M. Canson le regarda avec curiosité. Est-ce qu'il a vraiment cru à cette histoire ridicule de grande explosion ? Est-il en train de faire son deuil d'un beau rêve ?

Vraiment, si on réfléchissait trop, avec ces élèves de 4ᵉC, il y avait de quoi devenir fou.

« Simon, hurla-t-il. Venez ici immédiatement avec votre bébé de farine ! »

Comme s'il était en transe, Simon se leva, plongea le bras dans son cartable et en sortit le bébé de farine. Tel un somnambule, il avança vers la balance et le tendit de mauvaise grâce à M. Canson, qui écarquilla les yeux.

« Qu'est-ce que c'est que ça ? »

Simon se força à sortir de sa rêverie.

« Comment, M'sieur ? »

M. Canson poussa le bébé de farine du bout du doigt. Son bonnet glissa en biais sur son œil, tandis que de l'autre, gravement taché, il regardait le professeur.

« Qu'est-ce que c'est ? » répéta M. Canson.

Simon était déconcerté.

« C'est mon bébé de farine, M'sieur. »

Le regard de M. Canson s'assombrit de colère.

« Mais c'est dégoûtant, tonna-t-il. C'est absolument révoltant. Il est dans un état abominable. C'est un scandale, c'est une honte !

– C'est vrai qu'il n'est pas très propre, admit Simon.

– Pas très propre ? (M. Canson attrapa le bébé de farine par un coin.) Vous voulez dire qu'il est noir de crasse !

– Pas tout à fait noi... »

Mais M. Canson ne lui laissa pas le temps d'argumenter.

« Je me demande comment vous avez le culot de m'apporter une horreur pareille. (Il retourna le bébé de farine.) Et qu'est-ce que c'est que tout ça ? gronda-t-il. Du caramel ! Des traces de brûlé ! De la boue ! De la colle ! De la bave !

– Ce n'est pas la mienne, M'sieur », fit aussitôt remarquer Simon.

Il était prêt à se lancer dans la mise en accusation de Macpherson qu'il avait préparée, mais il s'aperçut que c'était trop tard. M. Canson était sur le point d'exploser. Tandis que tous les autres regagnaient leurs places pour savourer tranquillement la déconfiture de Simon, M. Canson se pencha par-dessus son bureau et approcha son visage courroucé de celui de Simon.

« J'ai déjà supporté pas mal de choses depuis le début de l'année, cria-t-il. J'ai supporté vos bouderies, votre sale manie d'écouter aux portes de la salle des professeurs, votre façon de persécuter la pauvre Mlle Arnott. Mais si vous pensez une seconde que je vais accepter que vous me rendiez ce... ce... »

Il souleva le bébé de farine et frissonna.

« Cette saleté de petit sac... »

Il le balança au-dessus de la poubelle.

« Alors, vous vous trompez. Vous vous trompez complètement. »

Tenu par cette main tremblante de colère, le bébé de farine, tout affaissé et dépenaillé, resta un instant en suspens au-dessus d'on ne savait quel déchet déposé là quelques minutes plus tôt par un élève sommé de cracher ce qu'il était en train de manger.

Les yeux de Simon s'ouvrirent grand sous l'effet de la panique. Il ne pouvait quand même pas le faire tomber là-dedans ! Si, il pouvait.

Et il le fit.

En un clin d'œil, avec un de ces gestes éclairs qui lui valaient d'être un des meilleurs de son équipe, Simon le sauva. Quand M. Canson lâcha le petit sac de farine et se retourna, furieux et dégoûté, Simon tendit les mains pour le rattraper. Et, réfléchissant aussi vite qu'il agissait, il pensa à donner un bon coup de pied dans la poubelle.

« Bon ! dit M. Canson, satisfait d'entendre le bruit qu'il prit pour celui du bébé de farine tombant dans la poubelle. Nous allons peut-être pouvoir travailler un peu ! »

Il prit un morceau de craie et commença à griffonner au tableau. Simon glissa hâtivement son bébé de farine sous son pull et se retourna vers la classe. Personne ne semblait avoir remarqué son tour de passe-passe. Très bien. Certes, ils avaient tous les yeux rivés sur lui. Mais, lorsqu'il avança en trébuchant jusqu'à sa place, personne ne toucha au passage la bosse que faisait son bébé de farine sous son pull. Pour l'instant, pas de danger.

Simon se laissa tomber sur sa chaise et essaya de fixer son attention sur M. Canson.

« J'écris ici des noms, expliquait-il d'un ton sévère. Les noms de tous ceux qui ont encore des lacunes dans leur journal sur le bébé de farine. Que vous les retrouviez, que vous les réécriviez ou que vous les inventiez, ça m'est égal. Mais je veux que chacun d'entre vous ait le compte. Un par jour. Donc dix-huit. »

Évidemment, la liste fut assez longue à écrire au tableau. Pendant que ses camarades étaient occupés à guetter leur nom et à discutailler bruyamment sur le nombre exact de jours qui manquaient, Simon réussit sans que personne le remarque à glisser son bébé de farine dans son casier.

M. Canson écrivit le dernier nom – Rick Tullis – très nettement dans le coin en haut à droite, bien loin des autres, car il y avait de grandes chances pour qu'il reste là.

Puis il se retourna.

« Dès que l'un de vous aura fini, dit-il pour les réconforter, il pourra aller en bibliothèque faire un peu de travail personnel. »

L'ambiance, qui était plutôt à la rancœur, s'éclaircit tout à coup. Un ou deux d'entre eux se déridèrent même assez pour brandir le poing en signe d'allégresse. Pour la plupart des élèves de

4ᵉC, « travail personnel » était synonyme de « partie de rigolade ».

Seul George Spalder semblait encore mécontent.

« Et les espions, alors ?

– Les espions ?

– Oui, M'sieur. Vous allez nous dire qui étaient les espions.

– Les espions... »

Un sentiment de malaise s'empara insidieusement de M. Canson. Les espions... Prenant l'épais mémorandum du professeur Feltham sur la Kermesse scientifique, il chercha la page du règlement afin de se rafraîchir la mémoire, et son œil tomba sur l'article disant que certaines personnes (parents, autres élèves, membres du corps enseignant ou personnes de l'extérieur) surveilleraient secrètement les bébés de farine.

Il eut soudain un doute : était-il censé s'être occupé de ça ?

M. Canson tourna une page et vit en haut le numéro 84. Il revint à la page précédente : numéro 81. Ce n'était pas le genre d'erreur que pouvait faire le professeur Feltham. Un homme qui passait son temps non seulement à corriger les fautes des autres en calcul mental mais aussi à expliquer le comment et le pourquoi de ces fautes devait savoir paginer un manuscrit correctement. Eh bien, M. Canson aussi savait compter.

Lentement, prudemment, craintivement, il saisit la page anormalement épaisse et s'aperçut que, comme il s'y attendait, les pages disparues, 82 et 83, une fois décollées l'une de l'autre, révélaient des instructions destinées au professeur expliquant en détail comment recruter et instruire des observateurs extérieurs.

Fermant brutalement le mémorandum, M. Canson dit à George d'un ton péremptoire :

« Oh, je ne crois pas que nous ayons à nous soucier des espions. »

George n'était pas du tout de cet avis.

« Vous devez nous dire qui c'était, insista-t-il. Pour qu'on puisse aller leur casser la figure. »

Sur ce point au moins, toute la classe semblait d'accord.

« Oui, pour qu'on aille leur faire des yeux au beurre noir.

– On va leur arranger le portrait !

– On va leur faire passer un sale quart d'heure ! »

M. Canson n'avait plus qu'une issue : la ruse.

« J'ai une idée, dit-il. Faites une liste des gens

que vous soupçonnez de vous avoir espionnés et je vous dirai si vous avez vu juste. »

Ils se mirent au travail avec ardeur. Et M. Canson fut stupéfait de voir chacun d'entre eux travailler d'arrache-pied pour dresser une liste d'au moins une douzaine de noms mal orthographiés en face d'une colonne de remarques désobligeantes.

« Je vais la mettre en premier, cette chipie ! »

« Cette vieille mouche du coche qui fourre son nez partout ! Je suis sûr qu'elle ne m'a pas quitté des yeux une seconde ! »

« "Tu veux ma photo", je lui ai demandé. "Je ne sais pas de quoi tu parles", il m'a répondu. Mais moi je savais, je savais. »

M. Canson fit le tour de la classe, regardant d'un œil amusé les listes de suspects s'allonger, s'allonger, et eux bougonner de plus en plus méchamment. C'est extraordinaire, pensa-t-il. Il faudrait en parler au professeur Feltham. Ce serait du temps perdu de recruter de vrais espions. Ils ne serviraient strictement à rien.

Il passa près de Tariq juste au moment où celui-ci crachait son venin.

« Ils prétendaient "s'intéresser". Tu parles ! Moi j'appelle ça se mêler des affaires des autres, un point c'est tout. »

Le bouquet, c'était le dernier jour du journal de Bill Simmons.

18e jour

Heureusement que c'est le dernier jour. Je ne pouvais plus supporter les espions et les mouchards. Déjà, quand on a un bébé de farine, on reçoit des ordres de gens qu'on ne connaît même pas. Alors pour ceux qui ont de vrais bébés, ça doit être l'enfer. « Tu ne devrais pas le laisser ici, mon petit. Il pourrait se salir. » « Tu ne penses pas que tu devrais bla-bla-bla-bla. Tu ne devrais pas bla-bla-bla-bla... »

M. Canson se pencha pour attraper le stylo de Bill Simmons au moment où il écrivait le dernier *bla*.

« Vous êtes coincé ? lui demanda-t-il en riant. Permettez que je vous aide. »

Ignorant le regard venimeux de Bill, il continua sa ronde et s'arrêta pour lire le fruit de l'ultime effort de Philip Brewster. Là encore, les espions étaient sur la sellette.

Ce qui m'a le plus énervé avec les bébés de farine, c'est ce que les gens sont faux-jetons. Ils tournent autour de vous en disant qu'ils veulent juste vous aider ou bavarder avec vous et, en fait, ils vous disent qu'il ne faut pas faire comme ci ou comme ça. « Je vais te dire com-

ment j'ai fait avec le mien », disent-ils en souriant sournoisement. Ou : « Ce qui marche le mieux, je trouve, c'est ça. » Et il faudrait leur sourire en retour et leur faire croire que vous êtes bête et que vous n'avez pas compris qu'ils vous enguirlandaient.

Et Sajid résuma la question avec sa pertinence habituelle.

Il y a une chose que je ne comprends pas. On ne peut pas ouvrir un journal sans voir un article sur quelqu'un qui a été arrêté pour avoir battu son enfant. Et ce n'est jamais la première fois. Vraiment, ça me dépasse. Moi, je n'avais qu'à regarder mon bébé de farine de travers et toute ma famille faisait la queue au téléphone pour me dénoncer à la police. Alors, ils vivent où, ces bourreaux d'enfants ? Ils n'ont pas de famille ? Ils n'ont pas de voisins ? Ils n'ont pas de co…

Sajid releva la tête.

« Comment ça s'écrit, "copain" ? » demanda-t-il à la cantonade.

Simon, voyant là une occasion de rompre la glace, répondit :

« C-a-u-p-i-n, je crois. Je l'ai écrit comme ça tout à l'heure et ça m'avait l'air pas mal. »

M. Canson traversa nonchalamment la pièce où l'appelait son devoir : corriger les horribles fautes d'orthographe de Simon. Mais avant de se pencher pour taillader la dernière page de compte rendu avec son stylo rouge, il s'arrêta un instant et mit en pratique son art du déchiffrage.

18e jour. Suite et fin

Voilà. Je me suis complètement trompé au sujet de la grande explosion et des coups de pied qu'on allait donner dans les bébés de farine à la fin. Qu'est-ce que ça peut faire ? De toute façon, j'avais prévu de tricher. Je voulais cacher le mien et aller démolir ceux des autres. Je suis peut-être en 4e C, mais je ne suis pas complètement stupide. J'ai compris il y a plusieurs jours que je ne pourrais pas faire de mal au mien, plus maintenant, maintenant qu'on a grandi ensemble. (Et surtout maintenant que tout le monde me déteste et que je n'ai plus de cau…

M. Canson était en train de se pencher, son stylo décapuchonné, pour enlever les deux voyelles, lorsqu'elles disparurent sous ses yeux, comme englouties dans une petite piscine bleue en miniature.

C'était une larme. Pas de doute. Et, comme tout chez ce garçon, elle était énorme. Vite, avant que d'autres ne tombent, M. Canson fouilla dans la poche de sa veste d'où il sortit son grand mouchoir à pois qu'il fourra dans la main de Simon.

Simon regarda la grande mare bleue sur son devoir. Pas de doute. C'était une larme. Qu'est-ce qui lui arrivait ? S'il ne se ressaisissait pas, les autres allaient le voir. Et, à la récréation, ils le réduiraient en bouillie.

Simon accepta volontiers le mouchoir qui lui était offert. Et tandis que M. Canson posait son large postérieur sur le pupitre de Simon pour le cacher aux regards des autres, il essaya de se calmer.

Quand M. Canson sentit le mouchoir humide revenir dans sa main, il estima qu'il pouvait se relever et continuer à lire.

J'ai vraiment aimé m'occuper de ce bébé de farine. Même si elle m'énervait et me rendait dingue, c'était une amie. J'aimais bien la voir assise en haut de l'armoire pour veiller sur moi la nuit. J'aimais bien bavarder avec elle le matin au petit déjeuner. Et j'aimais bien la câliner pour rendre Macpherson jaloux. La nuit dernière, quand je la berçais dans mes bras, Maman a dit que je lui rappelais quelqu'un. Elle n'a pas dit qui et je n'ai pas eu besoin de lui demander. Mais ça m'a fait du bien de savoir qu'il me berçait comme ça quand j'étais bébé. Peut-être qu'il m'aimait vraiment, à sa façon.

Oubliant, dans l'émotion du moment, que son mouchoir avait déjà servi plus d'une fois, M. Canson le tira de sa poche, en déplia un coin pas trop mouillé et se moucha avec un bruit de trompette. Puis, courageusement, il se força à lire jusqu'à la fin.

Il ne l'a pas tellement montré, en partant comme un voleur. Mais je peux parler, moi ! Mon bébé de farine a tellement mal fini que je me suis presque fait arracher les oreilles. Mais je l'aimais vraiment, vraiment beaucoup.

M. Canson n'y tenait plus.

« Mais enfin, mon grand, murmura-t-il d'une voix enrouée, si tu l'aimes tant que ça, va le chercher dans la poubelle et remporte-le chez toi. »

Simon ne dit rien. Mais, rougissant jusqu'aux oreilles, il se pencha en avant et s'agrippa à son pupitre.

Lentement, suspicieusement, M. Canson força Simon à reculer de quelques centimètres, souleva le couvercle du pupitre et jeta un coup d'œil à l'intérieur.

Dans l'obscurité, le bébé de farine lui lança en retour un regard inquiet.

M. Canson referma le couvercle. Il regarda Simon. Simon leva les yeux vers lui. Puis M. Canson dit :

« Tu veux que je te dise quel est ton problème, Simon ? Tu te sous-estimes. Ton bébé de farine est une créature minable et répugnante qui ne passerait aucun examen d'hygiène et, s'il était vrai, il ne gagnerait aucun des concours Beaux Bébés pimpants. Mais, si ça sert vraiment à quelque chose de protéger ceux qu'on aime, laisse-moi te dire que tu feras un meilleur père que bien d'autres. »

Puis il s'éclaircit bruyamment la voix et regagna l'estrade au plus vite pour se retrancher derrière son bureau.

Chapitre 10

Fermement décidé à se débarrasser une bonne fois pour toutes du projet des bébés de farine, M. Canson obligea toute la classe à travailler d'arrache-pied. Et tandis que les aiguilles accomplissaient lentement, trop lentement, leur ronde autour du cadran, le sentiment d'injustice qui s'emparait des élèves de 4ᵉC chaque fois qu'on leur demandait un effort soutenu se mêlait à leur ressentiment envers Simon qui avait commis deux erreurs impardonnables : d'abord avoir tiré au sort ce sujet et ensuite s'être trompé à propos de la grande explosion.

Pour la forme, M. Canson fit la sourde oreille aux rafales de propos malveillants qui fusaient de toutes parts.

« Il faut vraiment être zinzin pour choisir les bébés de farine comme sujet…

– On aurait pu choisir n'importe quoi d'autre. La nourriture par exemple. »

Pour essayer de faire diversion, M. Canson prit la feuille que Russ Mould venait de repousser dans le coin de sa table avec un grand soupir de soulagement.

« En voilà un qui a fini. Je vais vous lire ce que Russ a écrit dans son dernier chapitre, ça vous donnera des idées. »

Il regarda attentivement la feuille pendant quelques secondes, essayant – vainement – de déchiffrer.

« Vous la tenez à l'envers », lui dit Russ d'un ton de reproche.

M. Canson retourna précipitamment la feuille.

« Ah oui, en effet, c'est mieux. »

Il la fixa encore un moment, en se concentrant au maximum, puis, s'avouant vaincu, il la rendit à Russ.

« Je me demande si vous n'avez pas été un peu trop vite en besogne, dit-il doucement. Vous n'auriez peut-être pas dû apprendre tout de suite à écrire les grandes lettres. Les petites vous suffiraient pour l'instant. »

Alors qu'il retournait vers son bureau, la cloche sonna, déclenchant comme d'habitude une frénésie de rangement de cartables et de bruits de chaises.

« Attendez le feu vert », gronda-t-il.

La bourrasque s'apaisa un instant.

M. Canson avait décidé de sortir de la classe quelques minutes avant la débâcle pour aller boire son café – son réconfort. Il leur imposa le silence avec l'un de ses regards les plus noirs et marcha à reculons jusqu'à la porte. Puis il dit :

« Bon. Allez-y. »

Avant que les mots soient sortis de sa bouche, il était déjà dans le couloir.

Le gardien étant parti, la meute se jeta sans attendre sur sa proie.

« Tu croyais t'en tirer à bon compte, Sim, hein ?

– Tu pensais nous avoir comme ça !

– "Le mieux que je connaisse en sciences", tu nous as dit. "Ce sera géant", tu as dit. »

Cette fois encore, inconsciemment, Simon se pencha en avant et s'agrippa au bord de son pupitre. Personne ne comprit que c'était par peur et, pour la deuxième fois ce matin-là, ce geste le trahit.

« Qu'est-ce que tu caches là-dedans ?

– Ouvre ça, Sim !

– Fais voir ! »

Ils étaient trop nombreux pour lui. Leur poids et leur ardeur réunis firent basculer le pupitre. Et le couvercle s'ouvrit.

Le bébé de farine sortit comme une fusée et s'envola au-dessus de la mêlée, très haut par-dessus les pupitres désertés. Simon se glissa au-dessous, le suivant dans son vol plané, et réussit à le rattraper, faisant sortir de la farine par tous les pores de la toile, juste au moment où M. Canson revenait chercher ses cigarettes.

Tout en marchant à grandes enjambées jusqu'à son bureau, M. Canson jeta un coup d'œil bref mais furieux à la pagaille et au petit nuage de farine qui planait à l'autre bout de la classe. Après le temps qu'il avait perdu à revenir sur ses pas, il n'était pas d'humeur à gaspiller encore les précieuses minutes de sa pause pour chercher à établir la vérité ou la justice.

Il accusa Simon.

« Vous serez collé lundi ! rugit-il. Pour avoir organisé un jeu de ballon dans ma salle de classe sans mon autorisation ! »

Levant de quelques centimètres à peine le couvercle de son bureau, il en sortit subrepticement son paquet de cigarettes caché dans un coin sous une pile de papiers. Puis, voyant qu'ils étaient tous en train d'essayer de voir ce qu'il était venu chercher, il fit une manœuvre compliquée, attrapant le sac de plastique noir qui contenait les bébés de farine, et il sortit de la classe en le traînant derrière lui.

Simon restait les bras ballants à le regarder partir, ulcéré par l'injustice de la punition. Sentant qu'il était déconcentré, Wayne plongea pour lui prendre des mains son bébé de farine. Sans hésiter une seconde, Simon le fit tourner et le lança en l'air, ce qui lui laissa le temps de sauter sur une chaise pour l'attraper et le maintenir hors de portée de Wayne.

M. Canson était déjà au milieu du couloir lorsqu'il entendit cette bagarre. Il fit demi-tour et surprit Simon debout sur sa chaise.

« Vous serez collé mardi ! hurla-t-il. Pour être monté sur un objet qui est la propriété du collège. »

Et il repartit.

Simon était encerclé, assiégé par les autres qui se rapprochaient de lui, bien décidés à capturer son bébé de farine. Devait-il bondir dès maintenant jusqu'à la porte, avant qu'ils s'attendent à ce qu'il fasse un geste ? Les autres savaient aussi bien que lui que, s'il faisait cela, M. Canson l'entendrait détaler dans le couloir, se retournerait et lui donnerait une autre colle pour avoir couru dans l'enceinte du collège.

Et alors ? Bloqué sur sa chaise, tenant son bébé de farine à bout de bras, Simon ne pouvait s'empêcher de penser : et alors ? Il y avait des choses plus graves dans la vie que d'être collé trois jours d'affilée. Même si on les mettait bout à bout, cela durerait moins longtemps qu'une des sinistres fêtes d'anniversaire de Hyacinthe Spicer, et il avait survécu à sept de ces fêtes.

Alors le mieux était peut-être d'essayer. Oui, il allait le faire. Qu'avait dit le Vieux Canasson ? « Vous êtes bien l'un de nos grands sportifs, non ? »

Alors, chiche !

Emporté par une soudaine ivresse, Simon étonna tout le monde en bondissant jusqu'à la porte. Cela fit un bruit de tous les diables. Il sauta de pupitre en pupitre, laissant derrière lui des pieds de bois branlant frénétiquement et des chaises renversées. Il tenait toujours le bébé de farine à bout de bras. Tout en sautant, il entendait la phrase de M. Canson : « Tu veux que je te dise quel est ton problème, Simon ? Tu te sous-estimes. » Il sauta du pupitre de Wayne à celui de Russ dans un cliquetis de stylos et de règles bousculés. Il envoya voltiger la calculatrice de Philip Brewster. Il enjamba complètement le pupitre de

Luis. Et, après un dernier bond, il fut en sûreté. Il avait franchi la porte en levant un poing victorieux. Il se sentait aussi puissant que lorsque, il y a si longtemps, Mlle Ness l'avait revêtu du magnifique manteau rouge écarlate pour la crèche vivante, et il entendait presque les trompettes. Qui ferait un mauvais père ? Certainement pas lui. Des types comme Robin Foster ne pourraient peut-être pas supporter cette épreuve et finiraient par fuir leurs responsabilités. Et il y avait les gens comme Sue, qui n'avaient même pas osé prendre le risque. Mais lui, Simon Martin, il ne serait pas mal du tout dans ce rôle. Il serait même mieux que pas mal. Il serait excellent. Soudain envahi par une énorme vague de confiance en soi, il entendit les paroles de M. Canson résonner très fort dans son cerveau. « Si cela sert vraiment à quelque chose de protéger ceux qu'on aime, laisse-moi te dire que tu feras un meilleur père que bien d'autres. »

Un pied tendu pour lui faire un croc-en-jambe le fit tomber. Il atterrit avec un bruit sourd et un grognement et resta là, étendu de tout son long et à bout de souffle, tandis que son bébé de farine lui échappait et glissait à dix mètres de lui dans le couloir.

La voix réelle fit immédiatement taire l'écho de l'autre dans sa tête.

« Ah, Simon Martin ! J'avais justement besoin de vous. Vous êtes collé mercredi, évidemment, pour avoir couru dans le couloir. Mais puisque vous êtes là, seriez-vous assez gentil pour porter ce sac à la Kermesse du professeur Feltham ? Merci, mon garçon. »

Puis, tapotant le petit paquet dans la poche de sa veste, M. Canson pressa le pas : il aurait encore le temps de prendre son café et de fumer en vitesse une cigarette.

Simon s'était à moitié relevé. Il était encore assis par terre lorsque le professeur Feltham tourna l'angle du couloir. Derrière lui, un essaim de porteurs, les bras chargés des différentes parties de la centrale hydroélectrique des frères Hughes.

« Poussez-vous, reculez, reculez, écartez-vous ! »

Le professeur Feltham s'adressait comme un dresseur de fauves aux poursuivants de Simon qui se bousculaient pour passer la porte du couloir.

« Reculez, allez, allez ! Vous ne voyez pas que nous transportons du matériel coûteux ? »

À peine avait-il prononcé le mot de « matériel coûteux » qu'il aperçut le générateur d'ondes à curseur digital de Wishart par terre, là où Simon l'avait abandonné quelques instants plus tôt sur l'ordre de M. Canson.

« Qu'est-ce que... »

Puis il vit l'oscilloscope posé près du radiateur.

« Mais c'est scandaleux ! »

Puis il vit Simon.

« Vous ! Vous, là-bas, qui êtes vautré par terre ! Oui, vous ! »

Ne sachant vraiment pas quel mot faire sortir de sa bouche, Simon se contenta de lever légèrement la tête.

« Vous êtes collé lundi ! gronda le professeur Feltham.

– Je suis pris jusqu'à jeudi, lui dit Simon d'un ton aigre.

– Eh bien jeudi ! aboya le professeur Feltham. Et maintenant écoutez-moi bien ! Ce matériel aurait dû être porté aux laboratoires il y a déjà plus d'une heure. »

Simon se remit tant bien que mal sur ses pieds et, en poussant un profond soupir, regarda autour de lui si quelqu'un pouvait venir à la rescousse. Mais tous les élèves de 4eC avaient disparu. Simon les soupçonna, et il avait raison, de s'être prudemment éclipsés au moment où le professeur Feltham avait commencé à monter sur ses grands chevaux et à distribuer des colles. Donc, prenant juste le temps de faire une grimace au professeur Feltham pendant qu'il avait le dos tourné, Simon glissa son bébé de farine sous son pull et ramassa le générateur d'ondes à curseur digital de Wishart et l'oscilloscope. Après les avoir tournés dans tous les sens, il trouva un moyen de les porter qui lui laissait quelques doigts libres. Avec ces doigts-là, il attrapa le haut du sac de plastique noir et lentement, très lentement, il partit à reculons le long du couloir, toujours avec le matériel chancelant sur ses bras.

Il trouva M. Higham posté derrière la troisième porte à deux battants du département des sciences.

« Eh bien, il est temps ! (Il arracha l'oscilloscope à Simon.) Voilà une heure que ces appareils devraient être ici ! »

Il consulta le gigantesque plan d'exposition de la Kermesse des sciences affiché au mur par le professeur Feltham.

« Le truc de Wishart va aussi là-dedans. »

En prenant le générateur d'ondes à curseur digital, il remarqua le troisième objet.

« Qu'y a-t-il dans ce sac ?

– Les bébés de farine. »

M. Higham regarda à nouveau le plan.

« Bébés de farine... bébés de farine... Ah ! Voilà ! (Il fronça les sourcils.) Un peu en avance, non ? Oh, ça ne fait rien. Mettez-les sur la table 18. »

Simon ne bougea pas.

« Allons, répéta-t-il avec impatience. Allez les mettre sur la table, là-bas ! »

Simon se renfrogna. Il en avait assez qu'on lui parle sur ce ton.

« Je les mets comment ? » grogna-t-il.

Mais M. Higham avait d'autres chats à fouetter. On lui apportait justement l'alarme électronique pour fenêtre de Pitkin.

« Pour l'amour du ciel, mon garçon ! hurla-t-il. Est-ce qu'on vous donne encore à manger à la petite cuillère ? Disposez-les de façon à ce qu'ils aient l'air intéressants et mettez une étiquette pour expliquer de quoi il s'agit. »

De mauvaise grâce, Simon traîna le sac jusqu'à la table 18 qui, il ne put s'empêcher de le remarquer avec une pointe de rancœur, était celle qui occupait le coin le moins en vue. Il sortit les bébés de farine un par un et les étala sur la table. En les regardant chaque fois attentivement, il remarqua pour la première fois que presque tous avaient bien changé en dix-huit jours. Le sien n'était plus le seul à avoir des yeux. Plusieurs d'entre eux avaient un nez, des oreilles, des lèvres et même des grains de beauté. Celui de George Spalder semblait avoir la rougeole. Celui de Bell Simmons arborait sa spécialité : une grosse mouche dessinée à l'encre. Celui de Luis avait une pipe.

Bon, alors, comment les exposer de façon intéressante ?

D'abord, Simon sortit son bébé de farine de sous son pull et le mit au milieu de la table. Puis il disposa tous les autres autour.

Bien.

Il prit une étiquette sur une table voisine et la retourna.

Reine des bébés de farine et sa cour, écrivit-il. Mais il ne trouva pas cela très satisfaisant. Même si les gens arrivaient à lire ce qu'il avait écrit, ils ne trouveraient pas cela intéressant.

Il essaya autre chose. Cette fois, il réunit les bébés de farine par paires et essaya de les placer de façon à représenter des gens dans une soirée.

Il vola un carton sur une autre table, barra le titre *Mesure de la longueur d'onde d'un rayon laser*, le retourna et essaya d'écrire :

Orgie.

Il hésitait sur l'orthographe. Et il renonça. De toute façon, ça n'avait pas l'air folichon, comme soirée. Il voulut l'animer un peu en mettant quelques bébés de farine dans des positions plus intéressantes. Mais c'était décevant : ils persistaient à avoir l'air de dix-huit petits sacs de farine tout bêtes, posés en vrac sur la table.

Simon passa à une autre idée. Cette fois, il les aligna très sagement et écrivit sur un autre carton : *La classe de chiadeurs du professeur Feltham.*

Pas génial.

L'idée suivante était meilleure. Prenant le carton du Projet de gravité zéro de Hokking, il écrivit au dos : *Le plus grand but de Simon Martin.* Puis il se mit à reconstituer la scène avec les bébés de farine et un papier de tablette de chocolat qu'il trouva par terre et qu'il chiffonna pour en faire un ballon.

D'abord il mit les trois avants. Puis les quatre de la ligne des demis et les trois arrières. Ensuite il plaça le reste de l'équipe. Il avait creusé loin dans la ligne de défense, ce jour-là. Mais le moment venu, il avait dribblé jusqu'à l'aile à une vitesse époustouflante, en faisant du slalom pour éviter l'un après l'autre ses adversaires. Il avait atteint la surface de réparation et envoyé un coup tellement magistral que le ballon avait atterri directement dans le coin du filet. Le gardien de but ne l'avait même pas vu arriver. Et Simon n'avait pas eu le temps de s'écarter pour éviter la collision avec leur arrière volant, un grand costaud qui louchait.

Emporté par ses souvenirs, il reproduisit les dernières minutes du jeu par une collision des bébés de farine.

« Baoum ! Baoum ! Ping ! »

Lorsque les deux sacs s'entrechoquèrent, de grosses bouffées de farine se répandirent partout.

La table était à l'écart, certes, mais tout de même pas invisible. M. Higham accourut en trombe.

« Vous mettez de la farine partout ! Qu'est-ce qui vous prend, Simon Martin ? Pourquoi vous conduisez-vous encore plus bêtement que d'habitude ? »

Simon trouva cela très agaçant. Il avait suivi de son mieux les consignes et voilà comment il en était récompensé.

M. Higham tournait comme une toupie enragée.

« Regardez-moi ça ! criait-il. Regardez toute cette farine ! Il y en a sur les Cylindres pressurisés de Berstein ! Et sur la machine à synthétiser les discours de Butterworth ! Vous serez collé pour ça, Simon Martin !

– Je ne peux pas avant vendredi, répondit Simon d'une voix glacée par l'aigreur.

– Eh bien, vendredi ! Et je ne pense pas être là pour vous surveiller. Je... (M. Higham s'interrompit.) Mon Dieu ! Maintenant ça rentre dans le Purificateur d'eau de Tugwell ! »

Il se tourna vers Simon.

« Sortez-moi ça d'ici !

– Mais...

– Sortez-les ! »

M. Higham était dans une telle fureur que Simon ne protesta pas. Il se dépêcha de remettre les bébés de farine, y compris le sien, dans le sac en plastique.

« Allez, ouste ! Sortez-moi ça de cette pièce ! Emportez-les. »

La mine toujours boudeuse, Simon tira le sac jusqu'à la porte.

« Mais où faut-il que... »

M. Higham n'était pas d'humeur à résoudre le problème de Simon.

« Je vous demande de les sortir d'ici, un point c'est tout ! Après, vous pouvez bien les démolir à coups de pied, ça m'est égal. Mais je ne veux plus les voir dans ce bâtiment. Allez, emportez-les immédiatement ! »

Simon obéit. Traînant le sac assez lourd, il franchit la porte puis retraversa les autres laboratoires. Comme il n'avait pas le cœur à faire attention, le sac frottait chaque fois sur les loquets des portes à deux battants. La traînée de farine qu'il laissait derrière lui devenait plus large et plus épaisse à chacun de ses pas.

Arrivé à la porte principale du bâtiment des sciences, il tomba sur Mlle Arnott.

« Que faites-vous ici ? Vous devriez être en classe, à cette heure-ci. La cloche a sonné depuis longtemps. »

Simon réfléchit. Il aurait pu prétendre qu'il emportait les bébés de farine dans le département des sciences. Mais Mlle Arnott ne le croirait probablement pas puisqu'il allait dans l'autre direction.

Il aurait pu dire qu'il les remportait dans sa salle de classe. Mais elle était tout à fait capable de le suivre des yeux jusqu'à ce qu'il passe la porte. Simon n'avait pas envie de subir le même sort que les messagers d'antan qui, porteurs de mauvaises nouvelles, étaient tués pour leur peine. Il se dit qu'il valait mieux que ce ne soit pas lui qui rapporte les bébés de farine à M. Canson.

Il pouvait aussi ne rien dire du tout, comme d'habitude.

Il ne dit rien, comme d'habitude.

Mlle Arnott tâta son sac à main pour vérifier qu'elle avait bien ses cachets d'aspirine.

«Je suis navrée, Simon, mais je n'ai pas le choix. Si vous n'avez pas de raison d'être hors de la classe, je suis forcée de vous retenir.

– Lundi en huit, pas avant, l'avertit Simon. Je suis complet jusque-là.

– Oh, Simon ! soupira Mlle Arnott en appuyant sur sa tempe à l'endroit où commençait toujours sa migraine.

– Ne vous en faites pas, répondit vaillamment Simon pour la tranquilliser. Ça ne me dérange pas. »

Et c'était vrai. Entre essayer d'expliquer et se faire coller une fois de plus, il préférait de loin être collé. C'était plus facile.

« Lundi en huit, alors. »

Simon acquiesça d'un signe de tête et, tel un Père Noël qui se serait trompé de jour, il attrapa son grand sac et reprit résolument son chemin dans le couloir.

Mlle Arnott fit un écart pour le laisser passer.

Et elle vit la traînée de farine.

« Simon…

– Oui, Mademoiselle Arnott ? »

Mais elle était partie, elle s'était précipitée dans la salle des professeurs. Il lui fallait de l'eau pour ses aspirines. Simon regarda ses empreintes dans la farine. Quelque chose – un pressentiment, une intuition – lui dit que Mlle Arnott ne resterait plus très longtemps parmi eux. Cette femme n'avait plus assez de poigne, c'était évident. Et s'il y avait une chose dont on avait vraiment besoin quand on était professeur, c'était bien cela, de la poigne. Il en fallait de huit heures quinze le matin à seize heures quinze le soir. Il s'interrompit pour compter les heures sur ses doigts. Huit. Ça paraissait beaucoup, mais quand on y réfléchissait bien, ce n'était qu'un tiers de la journée. Huit petites heures. Si la pauvre Mlle Arnott ne pouvait pas tenir huit petites heures, elle n'avait plus qu'une chose à faire : partir et faire un bébé.

Ça c'était un vrai boulot, se dit Simon. Les trois-huit. Tous les jours. Pendant presque vingt ans. Pas de récréations. Pas de vacances. Les fêtes d'anniversaire de Hyacinthe à côté n'étaient qu'un instant dans la vie d'un éphémère. Être parent c'était plutôt une condamnation à perpétuité. Tiens ! Si au lieu d'aller à l'hôpital pour avoir un bébé il y a tant d'années sa mère avait poignardé quelqu'un avec le couteau à pain, elle serait sortie de prison aujourd'hui. Et même plus tôt, probablement, si elle s'était bien conduite.

Simon sortit son bébé de farine du sac de plastique noir et le regarda attentivement. Plus on y pensait, plus c'était extraordinaire d'avoir des enfants. Bien sûr, c'était dangereux. Ça vous empêchait d'avancer. Ça vous tenait pieds et poings liés. Ça vous coupait vos moyens. Ça réveillait l'espion et le mouchard chez les gens de votre entourage. Et ça faisait passer le métier d'enseignant pour un travail à mi-temps. Pas étonnant que son père n'ait pas pu s'y faire. Comment avait-il même pu tenir mille huit heures ? C'était deux fois plus que Simon lui-même ne s'était occupé de son bébé de farine. Et sa mère, c'était encore pire ! Elle avait déjà un score de plusieurs centaines de milliers d'heures. Ce devait être une véritable héroïne. Ce devait être une sainte.

« Elle doit en avoir par-dessus la tête de moi », confia-t-il à son bébé de farine.

Mais ce n'était pas vrai et il le savait. Ces mots sonnaient même un peu creux dans le couloir. Parce que Simon savait au fond que, à part les rares fois où il avait fait une chose vraiment bête, comme de donner la perruque de Mamie au berger allemand de Tullis ou de jeter un cactus à la figure de Hyacinthe, elle l'avait toujours aimé. C'était le problème.

« C'est comme ça que marchent les pièges, expliqua-t-il à son bébé de farine. C'est comme ça qu'on se fait avoir. D'abord, on ne se rend compte de rien. Et après, il est trop tard. »

Il fit une pause.

« À moins d'être un navire. »

Un navire…

Son père…

Simon s'assit sur le sac en plastique noir qui se gonfla voluptueusement sous son poids et forma un nid douillet autour de lui. Il se plongea dans ses réflexions.

Son père.

Il répéta ces deux mots plusieurs fois, à titre d'expérience, pour essayer de les entendre autrement.

« Mon père. Mon père. Mon père. »

Qui ?

Qui ?

« Qui ? »

L'écho vivant, c'était Robin envoyé pour le retrouver et le ramener à M. Canson, qui l'attendait pour lui passer un bon savon.

« Qui ? répéta Simon. C'est bien la question. »

Mais Robin n'était pas d'humeur à jouer aux devinettes.

« Sors de ce sac, Sim. Il faut que tu rentres à la base. Le Vieux Canasson aura bientôt les pieds qui fument, tellement il est furibond.

– Tu comprends, expliqua Simon en l'ignorant complètement, je ne sais pas qui c'est. Et il ne sait pas qui je suis. Et donc ce que disent Maman et Mamie est assez juste. Le fait qu'il soit parti n'a rien à voir avec moi.

– Sors de ton sac, Sim. C'est fini !

– Je ne dis pas qu'il a eu raison de le faire, continua Simon. De partir comme ça et de laisser ma mère s'occuper de moi pour toujours. (Il donna un petit coup de poing amical à son bébé de farine.) Quoique, après avoir traîné ce truc pendant trois semaines, je comprends comment ça a pu se passer. Je dis simplement que ça ne devrait plus être – que ça n'est plus – un problème pour moi.

– Tant mieux, Sim. Et maintenant, sors du sac, s'il te plaît.

– Tu vois, j'en ai fini avec lui, continua Simon. Au fond, on n'a jamais rien commencé. Il n'est rien du tout pour moi. Et il y a des millions et des millions de gens sur la terre qui n'ont rien à voir avec moi, qui ne me connaissent même pas. Et ils se passent très bien de moi. Et moi aussi. »

Mais Robin était à bout.

« Sim, j'ai pas envie d'avoir des ennuis à cause de toi. J'y retourne. Je vais dire au Vieux Canasson que je t'ai trouvé mais que tu ne veux pas venir. Que tu es trop occupé, assis dans un sac de farine, à dire du mal de ta famille. »

On aurait dit que Simon ne l'avait même pas entendu.

« Et ce que j'ai compris, c'est que mon père n'est qu'une personne de plus sur la planète qui ne sait pas qui je suis. C'est tout. Et il n'y a que les gens qui vous connaissent qui comptent vraiment.

– Moi aussi, je compte, Sim.

– Ma mère compte. Et Mamie. Et Sue.

– Un...

– Mais pas lui. Lui ne compte pas.

– Deux...

– Je ne lui en veux pas. Mais il ne compte pas.

– Trois ! »

Renonçant à faire entendre raison à Simon, Robin retourna dans la salle de classe. Arrivé à l'angle du couloir, il entendait encore faiblement, derrière lui, la voix de Simon qui continuait son monologue.

« Je me sens bien mieux, maintenant, c'est vrai. Je ne me rendais pas compte à quel point tout ça pouvait me perturber. Mais je me sens différent, maintenant. Je me sens libre. »

Le bébé de farine le regardait de ses yeux sympathiques aux longs cils.

« Tu vois ce que je veux dire, n'est-ce pas ? »

L'expression de son visage ne changeait jamais.

« Tu comprends, oui ou non ? »

Le bébé de farine le regardait passivement.

Et progressivement, inexorablement, Simon revint à lui. Que faisait-il au milieu de ce couloir, confortablement installé dans un fauteuil en plastique noir, à bavarder avec un tas de farine ? Était-il devenu fou ?

Simon bondit sur ses pieds comme s'il avait été frappé par la foudre. Un bébé de farine ! Ce n'était pas un bébé de farine. C'était un sac de farine ridicule et inerte. Qu'est-ce qui lui avait pris ? Depuis près de trois semaines, il racontait sa vie à un sac de farine. Était-il cinglé ? Cette chose qu'il tenait dans ses bras n'était rien d'autre que l'objet d'un projet scolaire ennuyeux à mourir. Ce n'était pas un être vivant. Aucun d'eux ne l'était.

Il attrapa un coin du sac de plastique noir et le renversa énergiquement. Les sacs de farine s'étalèrent sur plusieurs mètres. De vulgaires sacs de farine : c'est tout ce que c'était !

Il en ramassa un et le lança de toutes ses forces au plafond. Il éclata, répandant une pluie de farine. Simon s'en moquait ! Il se sentait extraordinairement délivré, comme s'il venait d'être libéré de prison ; comme si, ayant nagé désespérément en rond après un naufrage, il voyait enfin de la lumière sur une côte ; comme si le docteur, le curé et l'instituteur étaient venus lui dire qu'ils s'étaient trompés et qu'il n'aurait pas, finalement, à être parent.

C'était fini. Quel soulagement ! Il lança en l'air un deuxième bébé de farine. Puis un autre. Parce qu'il s'y était attaché, énormément. Il avait fini par l'aimer vraiment, son bébé de farine. Mais ce n'était qu'un objet, pas un vrai bébé ! Donc, il était libre. Libre, libre, libre !

Le bébé de farine suivant s'accrocha au plafonnier et se déchira. Littéralement en extase, Simon leva la tête vers la cascade de farine qui lui tombait dessus et lança le bébé suivant encore plus fort. Qu'est-ce que ça pouvait faire ? M. Higham ne lui avait-il pas donné la permission ? «Vous pouvez bien les démolir à coups de pied, ça m'est égal. Mais je ne veux plus les voir dans ce bâtiment. » Simon avait obéi.

Les démolir à coups de pied ?

Tiens, bonne idée !

Il donna un coup de pied dans l'un d'eux, puis dans un autre. La farine se mit à voler partout. Elle s'éleva en tourbillons, formant dans le couloir de gros nuages blancs en forme de champignon. Chaque fois qu'il donnait un coup de pied dans un autre sac, d'autres bouffées d'un blanc immaculé transformaient ce sinistre couloir en une tempête de neige, un blizzard éblouissant – une explosion vraiment sensationnelle.

La farine montait le long des murs et se redéposait sur le sol qui en était couvert sur dix centimètres. Quelle importance ? Aucune, pour la grande silhouette blanche qui donnait des coups de pied dans les sacs de farine. Simon aurait bien le temps d'être responsable quand il serait plus grand. Le moment venu, il aurait tout le temps d'être un bon père.

Mais pas maintenant. Pas si jeune. Pas pendant qu'il avait la force et l'énergie de faire n'importe quoi et que son horizon était plus vertigineux, plus brillant, plus grand qu'il ne pouvait l'imaginer.

Dribble… Dribble… Dans ces nuées de farine qui tourbillonnaient comme dans un cataclysme polaire, Simon leva les deux bras en signe de triomphe. Il ne ferait pas la même erreur que son père. Oh, non. Pas question de se créer des attaches trop jeune, pour avoir ensuite à choisir entre renoncer à sa propre vie et abandonner un enfant. Un enfant qui traînera tous les jours dans Wilberforce Road en parlant intérieurement à un père aux yeux bleus et aux cheveux crépus qu'il devra s'inventer pour remplacer celui qui n'est pas resté.

Il ne ferait jamais une chose pareille. Jamais, jamais, jamais. Il attendrait d'être prêt. Il ferait attention. Et là, un jour peut-être, s'il en avait envie…

Dribble… Dribble…

Il était sous une pluie de farine. Des ruisseaux de farine coulaient partout sur lui. Des nuages de farine l'enveloppaient. Il avait l'impression d'être un bonhomme de neige, un yéti, une avalanche en marche. Dribble… Dribble… Il se défoula après les terribles déceptions des trois dernières semaines sur les sacs de farine personnalisés. « Ne la laisse pas là, Sim. » « Fais attention. » « Tu es certain qu'il est en sûreté ? » Était-ce tout cela que sa mère avait ressenti pendant toutes ces années, quand elle le traînait au club pour pouvoir jouer au badminton une heure, une seule malheureuse heure par semaine ? Comment avait-il pu l'embêter comme il l'avait fait ? Comment avait-il pu ?

Dribble... Dribble... D'autres éclatèrent et se répandirent. Sa mère était une sainte. Il allait lui offrir des fleurs. Il obligerait Sajid à lui prêter un peu de ses gains illicites et il apporterait à sa mère une douzaine de roses rouges. Elle les méritait.

Simon enfonça ses coudes profondément dans la farine et, déchirant les bébés qui restaient, il les secoua en répandant de la farine partout. Il était tellement heureux que rien n'aurait pu gâcher son plaisir. Ils pouvaient le coller jusqu'à la saint-glinglin. Ça lui était égal. Une heure par jour ? Ce n'était rien du tout comparé à ce à quoi il venait d'échapper !

Il ne put se retenir. Il se mit à chanter à pleine voix :

« *Hissez les voiles et levez l'ancre, matelots,*

Sous le soleil et le vent allons voguer... »

Sa voix de stentor retentissait dans la tempête de farine. Il en ramassait des poignées et les lançait autour de lui, blanc sur blanc. Oh le bienheureux Simon !

« *Je laisse ici tous mes chagrins et mes fardeaux*, continua-t-il joyeusement. *Et jure que jamais ne viendrai les rechercher.* »

La farine soufflait autour de lui comme un suroît.

« *Je pars vers une aube pleine de nouveautés.* »

Il chantait de plus en plus fort. Il n'était pas pris au piège. Il serait puni, mais il n'était pas pris au piège. Et il aurait bien le temps d'être responsable.

« *Adieu, vous que j'aime, et surtout gardez*
[*courage.* »

Il ne restait plus beaucoup de sacs maintenant. La farine s'était répandue d'un bout à l'autre du couloir. Malheureusement, il n'y en aurait pas un seul pour représenter la 4ᵉC à la Kermesse scientifique. Mais tant pis. Au moins, ils avaient appris beaucoup de choses.

La voix incomparable s'éleva à nouveau :

« *D'autres se rangent pour pouponner leurs*
[*nouveau-nés...* »

Après avoir donné un dernier coup de pied dans la farine, Simon marcha vers l'extrémité du couloir.

« *Mon cœur est un navire appelé au grand large.* »

Martin Simon, qui profitait d'aller aux toilettes pour finir les dernières pages de *la Quête du Saint-Graal,* leva les yeux de la phrase qu'il était en train de lire.

« *Ici est la source d'une bravoure jamais découragée.* »

Il ne pouvait s'empêcher de la répéter tout bas. Car il lui semblait que là, en face de lui, il y avait quelqu'un d'extraordinairement grand et fort qui marchait comme un chevalier dans son aura de blanc immaculé – imposant, stupéfiant.

Martin Simon s'aplatit le long du mur lorsque Simon Martin passa devant lui en chantant.

Et M. Canson qui arrivait d'un bon pas, bien décidé à ramener son élève dévoyé, entendant la sensationnelle voix de ténor résonner du sol au plafond, recula respectueusement pour laisser passer cette apparition vêtue de voiles blanches qui voguait comme un navire vers sa jeunesse sans entrave.